回家

中国留守报告（黔南阅读）

航　月——编著

GUANGXI NORMAL UNIVERSITY PRESS
广西师范大学出版社
·桂林·

图书在版编目（CIP）数据

回家：中国留守报告：黔南阅读 / 航月编著．—桂林：广西师范大学出版社，2015.8

ISBN 978-7-5495-7139-0

Ⅰ．①回…　Ⅱ．①航…　Ⅲ．①报告文学－中国—当代　Ⅳ．①I25

中国版本图书馆 CIP 数据核字（2015）第 191419 号

广西师范大学出版社出版发行

（广西桂林市中华路 22 号　邮政编码：541001
网址：http://www.bbtpress.com）

出版人：何林夏

全国新华书店经销

广西大华印刷有限公司印刷

（广西南宁市高新区科园大道 62 号　邮政编码：530007）

开本：889 mm × 1 194 mm　1/24

印张：12.75　　字数：200 千字

2015 年 8 月第 1 版　　2015 年 8 月第 1 次印刷

定价：36.00 元

谨以此书献给被迫留守在中国农村的 6000 多万儿童、3000 多万流动在城市边缘的孩子[1]；献给仍然坚守在农村留守学生教育岗位的老师们；献给 8 亿面临户籍制度改革的农民。

中国的户籍制度史在某种程度上可以说是饱含辛酸和眼泪的农民抗争史、奋斗史，在“这一绝对不能称之为公平”的城乡二元户籍制度下，受伤最严重的是农村的几代孩子。

「1」 数据来源于 2013 年全国妇联发布的《中国农村留守儿童、城乡流动儿童状况研究报告》。

等等落下的灵魂

什么时候

你已经听不到一片树叶下落的声音

什么时候

你已经听不到一只鸟鸣叫的声音

什么时候

那些纷飞的叶子在你看不见的地方长成荒原里的一片绿

什么时候

那些低空的飞鸟在你听不到的地方欢叫成荒芜里的一个冬

你看不到了也听不到了

宋词曾经打湿的夜里

你安静地把心放进一首词里

或者为李清照流泪

悄悄地关着窗户

只让自己听到

一首宋词就是一个长大的人生

富足而饱满

那时没有老师

一首古诗

一首宋词

一本书就是老师

那时没有家长

家长都在劳动干活

一个哥哥一个姐姐就能带大弟弟妹妹们

那时没有饭吃

一句我们很快就吃到白面馒头就能把我们的向往推前几十年

那时梦里都是遥远的二十一世纪

那时我们跳着橡皮筋数着马兰花三十一

那时只有打老牛踢毽子跳绳抓羊骨节

那时饿着肚子的谎言和游戏都是快乐

那时寂寞的灵魂都是诗

那时孤独的存在都是梦想

什么时候我们丢失掉快乐

农村跟城市很近

现在的父母在城里劳动干活

我们就成了留守孩子

现在的父母在城市的早晨最早喊醒的是熟睡的孩子

最早背起的是孩子的书包

孩子的老师一个又一个

一个比一个有才

一个个记不起一首古诗几首宋词

老师们都拥挤在孩子的人生里

空不下一个可以停下来的灵魂

在追赶着的好时代

吃饭都是孩子们的负担

在玩具爆满的童年

知识满满地灌输着一页空白

什么时候小鸟在你窗前叫你

孩子你还听得到吗

什么时候你成了活不下去的生命

什么时候你要用农药毒死花样的颜色

什么时候你刚刚开始的命就想结束

什么时候你要自己离家出走

什么时候你很小却已经不再单纯天真

什么时候你人小却没有了爱的心灵

像一棵树一样慢慢长大多好

像一朵花一样 静静开放多好

像一段寂寞的音乐一样轻轻响起多好

像一小路一样一直往前走多好

像蜗牛一样悠然地脱落背负的壳悄然无声多好

像一种高贵的灵魂在嘈杂的世界里依然能听到花开的声音多好

目　录

开篇

穹庐下的中国农民

在采访贵州黔南农村留守孩子之前，中国户籍制度的改革还没有提上议事日程。

我去黔南，去看留守孩子，不是因为记者的职业，也不是因为单位的工作。我刚刚被查出来患双眼白内障和双眼神经性病变。这突然的打击让我感觉自己将要失明，将要从光明世界一下子走进黑暗。

在生眼病的时间里，我总是照着镜子滴眼药水。我滴眼药水不用拉开眼睑，直接将眼药水滴到眼球上，然后仰躺在床上，闭目养神。然后起床，在镜子里用一把坚硬的木齿梳子一遍遍梳理我一缕缕的头发。这样可以让眼睛能快速地看见眼前的事物。不管是否是真的，生病的人都在求心理的安慰，我也是。

在木齿穿行在一缕缕的头发的根部时，白发几乎是一夜间弥漫了我的黑发丛林。

是一夜间，时间那么快，让我猝不及防。甚至连心理的准备期都没有，就像医生告诉我的，双眼白内障，双眼神经性病变。

白发在每一缕黑发间扎根生长，我试着把长长的头发梳成马尾松，像小时候的样子，再看，镜子里是一位年老的女人，那把马尾松没有让镜子里的女人变成小时候的模样，也没有让已经40不惑的女人年轻10岁。

镜子里铺满了白发，施华蔻的染发剂也不能将它完全变黑。

老，这个字，重重地打在我的眼睛里，比拳击的分量更重。

曾计划在10年后，20年后要做的事，就在一夜间提前了20年。

赶快装修新疆的房子留给家人，赶快去贵州的贫困大山看那里的孩子。

希望一切都能赶在眼睛还能看见光明的时候完成。

我感谢这次及早检查出眼病，因为眼病，我第一次走进了贵州黔南，在这片美丽却贫困的土地上，我用一双病眼见证了留守在大山里的孩子、老人、老师的生存状态，也用一双病眼读懂了“农民”这两个字的含义。我没有使用任何教育专家对农民和留守在农村的孩子所使用的他们意义上的言词，也没有偏执地想当然地去评说、去发问。我深入最偏远的贫困山区，用脚步丈量着人类给予弱小世界的关注，也用脚步去最远的大海，体会丢下孩子在外面打工的父母内心最真的情感。

作为农民的后代、支援新疆建设的边二代，我为自己坚守了25年的新闻记者生涯，做最后的一次远行记录。

也许在我之后还会有更多的人关注这里，走进这里。但对我而言，这是第一次,也是最后一次。似乎我很快就要离开这个活着的世界了,生命很快消亡了。

“人之将死，其言也善”，是我对生病后面对人性在选择真假、对错、善恶、光明和黑暗时所做出的正确回答。知道死而且明白死的时候，人性是善良的，人就回到了自己的初生，“人之初，性本善”。更何况，我生性善良来自父母，他们18岁选择听从祖国号召从江苏这个鱼米之乡支援新疆建设，献了生命献青春，献了热血献子孙。

一部支边的历史，让我年轻的父母，把南方基因的孩子放在了新疆东部最边缘的农村。

从降生的那刻起，我们就跟农村的命运紧密地连在一起。从包产到户到在

自留地上种粮食，从布票、粮票到油票、肉票，从升学、工作简历上填写父母一栏的农民、粮农到家庭妇女。农村和城市之间有一个巨大的天堑，我从7岁（父亲给邻居家帮忙时死去）开始，便在内心里体验着跨越这个天堑的艰难，它比李白的“蜀道之难，难于上青天”更难。它难在：你无能为力，你撬不动它，搬不动它，绕不开它。这个天堑挡在你的前面，让你成为沟壑、黑暗、最低层的下里巴人。

从小生在农村的孩子，人生唯一到城市的通道就是考学，只有考学上学才是改变户籍身份的最有效的途径。

这个考学的过程成为我终身的遗憾。因为父亲早逝，因为母亲在建设新疆的劳动中患病，我放弃了从农村走向城市的唯一通道——考学。

我的7岁和哥哥的9岁，我们像两个成年人一样肩负着照顾多病的母亲，还有幼小的妹妹、弟弟的重担。我们像农村里所有的农民一样，打柴、拾牛粪、挖猪草、割麦、打场。虽然是孩子，我们跟农村的所有成年人一样，赶着毛驴车给生产队运送冬天的肥料、夏天的青草。

哥哥放弃了高考，去城市打工。

我放弃了高考，经历让我18岁就成为新疆年轻的诗人、作家。我靠一支笔改变了我从农村到城市的身份。

80年代是一个参加高考也难被录取的年代。我尖子班的同班同学，学习非常好，连中考都名落孙山。有的需要复读两三年才能考上。农村孩子能考上师范在80年代不是一件容易的事。而我周边的农民家的孩子，90%没有在高考中被录取。我的初中同班同学有80%还生活在农村，一些虽然进了城，但也仅仅在城市的边缘被城里人雇佣着做短工。

90年代，高考条件放宽，成人五大类学校专门招农村的学生。面朝黄土背朝天的农民，再次在这条走向城市的路上付出所有。

我身边的农民为了孩子考学上学走进城市，把春天的耕牛卖了，把犁地的小四轮卖了，把春天播种的麦种卖了，把自己住的房子卖了。我听到这些故事的时候，已经在新疆的首府城市做记者，我仍然会心痛着去仔细地倾听这些来自农村的信息，听农民的故事，去农村写他们的现状。

这些农村的故事在我的昨天一直醒着，甚至在我城里的梦里，我的人却在农村的田里。

身份的改变不等于记忆的改变，不等于心灵深处那些未愈合的伤口结疤。

从农村到城市，从新疆到深圳。

我周围始终有进城农民的影子，他们有意无意地在我生活中出现，我看着他们，就像我的影子，像我的过去，像我生命中的合体。我会微笑着对他们点点头，并且意味深长地多看几眼。

2000年，妹妹、妹夫来到深圳，他们2岁多的儿子成了在新疆石河子的留守儿童。那时，人们还没有把留给爷爷奶奶照看的孩子叫留守儿童。妹妹在城市，孩子留给爷爷奶奶照看，谁都不会认为他缺少了亲情，缺少了关爱。

这是我最早近距离地跟“留守”这个词接近，我接近着我的外甥，接近着他每次给妈妈打电话时的声音：“妈妈，赶快把我接到深圳，我要吃深圳的月饼。”

月饼是妈妈在电话里无数次说给儿子听的深圳好吃的食品，所以外甥记住了，在他幼小的年纪里，月饼的吸引力比记住想念妈妈爸爸还重要。

这是 2 岁多的孩子对被留守的记忆。

2002 年，4 岁半的外甥被妹妹接到深圳，成了深圳流动着的外地孩子。在经历被留守和流动两种身份后，他跟其他深圳户口的孩子在同一所小学或者初中上学，但学费要比本地生高。他中考的考试分数要比本地生高 100 分才能被重点高中录取，他要比本地生付出更多才能享受本地生在学校的待遇。而他也是一个有着城市户口的城里人，他的户籍在广东惠州。一城之隔，因为不是深圳本地户籍，他的中考成绩就要比本地生多 100 分才能上重点高中。

外甥问我 :“姨妈，你是记者，你告诉我为什么我要多考 100 分？”

我无语，无语里是长久的悲痛。

这是一个有着城市户籍的城里孩子的命运。

那么生活在贫困山区的农村孩子、农村的留守孩子、从农村到城市跟着父母打工流动着的孩子，他们的命运又能好到哪里去？

在深圳，户籍之间的距离已经比全国其他城市更人性化。在这人性化的深圳，中考时城市户籍的孩子因为户口不在深圳都需要多考 100 分才能上重点高中。那些农村的孩子将怎样跟着打工的父母流动到城里？流动到城里的农村孩子只能在郊区的民办学校、打工子弟学校上学。他们的身份一进城市就变成“低等”公民，就变成被流动着的农村孩子。

“流”和“动”是两个动词，两个动词传递着中国农村的广大农民从农村到城市的心路历程。针针见血，一幕幕让有良心的中国人悲情。

因为无法把孩子带在身边上学、考学，因为在城市打工的父母，在高房价的沿海城市无法给孩子提供稳定的居所。中国农村的孩子、贫困山区的孩子不得不被迫留守在农村，成为今天我们的社会学家、政府、社会各界人士关注的弱势群体。

当他们以留守的名义被迫留守在农村、留守在遥远的大山的时候，当他们以弱势群体的名义滞留在农村，被城市抛弃的时候，他们就是社会学家说的“被这个时代抛弃的一代人”。如果他们长大，这一段心路历程需要多少抚慰才能填满填平？他们缺失的陪伴里，是一生的童年，是一代人的童年。

今年 17 岁的外甥告诉我：“姨妈，我以后要在结婚前赚很多钱，等我有了孩子，我不需要工作，我要陪着孩子一起成长。”

我意外地看着外甥的表情，这个语言表达能力非常好的孩子，想象力作文写得非常好的孩子，他的表情是那种期待的温和的样子，似乎将来的陪伴很快就要到来。我知道他说的陪伴意味着什么，缺失着什么。

2014 年的 7 月，当我在黔南的平浪镇看到那么多的被留守在贫困山区的农村孩子时，我的灵魂被彻底震惊了。

平浪仅仅是黔南的一个镇，留守在中学和小学的学生占全镇中小学人数的 70%。三都水族自治州的山区留守孩子更多，每个乡村小学的留守孩子达到 90%。

三都县的高硐小学，留守的孩子寄宿在学校，白天的教室既是课堂又是饭堂。晚上，所有的课桌拼在一起，教室又成了宿舍。60 多个孩子挤在一间狭小的教室，教室在晚上又成了新的代名词——宿舍。这样的宿舍没有床，没有热水洗澡。学校的食堂破破烂烂，甚至连坐下来吃饭的地方都没有。

这一幕，是我在中国教育改革 30 年后的 2014 年 7 月看到的真实情景。

学校的学生已经放假，而我站在高硐小学的教室里，却能看见那些空空的课桌上躺在黑夜里的孩子们。他们的双眼在教室的屋顶，他们的脸在屋顶的中央，而他们的生活却在远离城市很遥远很遥远的过去。

在三都的有些学校，留守的孩子，在公路边上偷抢，被派出所拘留后再送回学校。有的反反复复，偷了，抢了，拘留了，再送回。

墨冲的一些学校，留守学生被社会上的吸毒人员带坏，开始吸毒。

2013 年，黔南的一些学校住宿的学生才刚刚能洗到热水澡。这在城市人看来最简单的生活需求，贵州黔南的留守孩子却需要付出巨大的代价，才能实现洗个热水澡的愿望。

我在黔南走向大山的路上一直沉默，我无力张开我的嘴巴，无力发出我的声音。我无力拿起笔在纸上写下那些沉重的汉字符号，也无力睁大我有病的双眼，去帮孩子们求助些什么。

我在贵州黔南都匀，在平浪，在三都，在高硐，在水族自治州，我眼前的山区农村没有一家工厂企业，没有大的超市，没有像城市一样热闹的工业区。生活在贫困山区的农民如果死守在当地，靠土地上长出来的庄稼生活，那么贫困的符号，就是他们终生的代名词。他们或者他们的孩子也将终生背负着贫困，老死在山里。

中国山区的农民为了改变贫困，用他们上田的赤脚一步步流着血踩在了城

高明小学
学生食堂
积水成河
聚米成箩

三都高硐小学食堂。

市的钢筋水泥地上，也把血和泪留给了山区里陪伴孩子的老人和年幼的孩子。坚硬的钢筋刺穿了他们的灵魂，刺穿了他们在城市委曲求全的心脏。

但是他们为了甩掉贫穷，仍然继续艰难地挣扎在城市人漠然的眼睛里。

他们的孩子被迫留守在山区、留守在农村。

他们的孩子被迫流动到城市，流动到城市郊区几平方米的出租屋里。

活着的意义对他们而言是生，是死？是希望看到孩子的未来？他们从不知道。

这样的辛苦带给没有陪伴的孩子的未来又是什么？他们从不去想，也没有时间深刻地去思考。

他们内心所承受的疼痛和无声的眼泪谁能读懂？

我的白内障、神经性病变的眼睛流不出眼泪，我已视线模糊，身心疲惫。

就在我要写《回家：中国留守报告（黔南阅读）》这本书时，中国户籍制度改革的大门刚刚张开一丝缝隙，那一丝微弱的光亮能把理想和现实最早地照进山区里6000多万留守孩子的心里吗？能把这丝微弱的光亮也能照到踩在城市的钢筋水泥地上劳苦的农民工和3000多万仍然在城市的边缘流动求学的农村孩子吗？

我愿意自己失明，把这光亮留给孩子们。

我愿意孩子们重新朗读着100多年前梁启超先生写的《少年中国说》：中国的未来在少年，少年是中国的希望。

我愿意这一代被迫留守在农村的孩子和被迫流动在城市的农村孩子，他们有一个光明的未来。

第一辑

被迫留守

九峰寨的四姊妹

1

在山里，雨在你没有任何防备的时候淅沥沥、哗啦啦地下来，在清晨、在中午、在晚上。

雨下进稻田里、山上的玉米地里，河里的鱼塘里。雨下进孩子的书包里、眼睛里、头发里、衣服里。

雨经常会下进罗莎、陈广学、陈福蓉、陈福建的嘴里，从 2 岁到 12 岁。

在 10 年的雨里，他们从没有带过雨伞。山里的孩子野，不娇贵，何况爸爸妈妈不在身边。

雨成了陪着他们长大的朋友，雨成了他们跟这个世界交流的朋友，雨成了他们张着嘴诉说的朋友。

雨水流进他们的小嘴巴时，他们抬起头，张着嘴，疯跑着、追逐着、欢喜着。

因为有雨，他们寂寞而单调的生活有了彩虹，有了色彩，有了味道。他们可以尽情地让雨淋湿衣服，再疯狂地奔跑在雨里，然后回家，然后随便吃一点泡饭或者白米饭，或者炒饭，再迅速返回学校。他们从来不会因为被雨淋湿了而换身干爽的衣服，他们也从来不担心被雨湿透的身体在山风的吹拂下生病感冒。他们每天往返学校和家的路上所付出的汗水，至少让他们能成为很好的运动健将。

在平浪，外地人一进村子，全村人都像是警察。他们从头到脚打量着陌生的外地人，当平浪人感觉外地人是由本地的老师或者有文化的人带来的时，他们会一百八十度转弯，立马把你当作自家人。

平浪的孩子最缺少的是父母的陪伴，还缺少外地人到家里做客的机会。

2014年7月中旬，平浪连续下了几天雨，雨消解了平浪的热度。平浪人说，最热的天也就是30度左右，而且时间很短。

从平浪镇中心小学到九峰寨，走大路小跑需要半个小时。走小路，田埂路小跑需要20分钟。

中午放学时，陈广学、陈福建已经“飞”回家。说是“飞”着回家，是因为陈广学、陈福建回家不走大路，走田埂上的路比走大路快10多分钟。

陈广学是罗莎的表哥、陈福蓉的堂弟、陈福建的堂哥。兄妹四人都在平浪中心小学上学，他们的爸爸妈妈最早都在深圳打过工，后来都去福建打工了。

罗莎、陈福蓉知道我要去她们家很高兴，一直陪着我。

已经中午12点了，我担心两个孩子饿了，问她们怎么走路回家最近。

两个孩子说，小路近。

什么是小路？我问孩子们。

小路就是走田埂，在稻田里的田埂上弯曲着左拐右拐到家里。

因为下雨，小路滑，我只能选择跟孩子们走大路。

所谓的大路就是刚刚在黄泥巴路上铺了水泥沙子，成了一条雨天能走、车能走、摩托车能走的路。这条水泥路从平浪镇绕一个很大的弯，然后到达九峰寨。

在路上，罗莎和陈福蓉一直开心地跟在我身边，给我讲爸爸妈妈打工的事。

10 岁的孩子在远离父母的日子里最缺少的就是陪伴。况且他们的童年一直是在缺失父母陪伴的日子里，一天天熬过来的。

现在，有一个跟她们相处多日的老师，从曾经爸爸妈妈打工的城市来的老师，她们的心突然间就拉近了跟我之间的距离。

在她们缺少陪伴的饥渴的心灵里，我不仅是她们临时的老师，也是她们可以信任的大人，更是她们可以说话的朋友。

她们在我的身边，像小鸟一样叽叽喳喳说个不停。太久了，孩子没有诉说的对象，没有被问询的关爱，没有被关注的重视。我仅仅一个陪她们回家的请求，在她们的心里都是快乐的。

水泥路上的雨水在慢慢地流进旁边的水渠里、稻田里，清脆的流淌声唰唰啦啦地流进我的心里。我眼里的酸楚感是白内障的眼睛疲惫的感觉，还是为了孩子远方的父母？

在雨里走了半个多小时，罗莎指着河前面的旧砖房说，到了。

我跟罗莎说："去跟爷爷奶奶打声招呼。"

罗莎说："哥哥已经说了。"

话音未落，一个年轻的女子从旧砖房里出来，很礼貌地对我说："老师好。"

年轻女子是罗莎结婚半年的新舅妈，舅舅结婚后也跟妈妈爸爸去福建打工了。新舅妈留在家里照顾老人，还有田里的庄稼。

罗莎年轻的舅妈在我的眼里像荷花一样开放着，她白皙的皮肤看不出来在稻田里干过活，也看不出来长时间在太阳底下暴晒过。她不瘦，是那种丰腴而不胖的女子，头发长长，笑容灿烂。

她端过来平浪的西瓜放在我面前。

她端过来婆婆做的灰粽子放在我面前。

她在公婆的旁边坐着，在我的对面坐着。

罗莎的外公在我旁边的沙发上坐下来，外婆跟新舅妈坐在我前面的凳子上。

外婆外公 60 多岁，不是很老。因为一直爬山过洼，他们没有多余的脂肪。他们眼神里对我唐突的到来表现出的是亲近、好客、欢喜，一览无余。

外公有病，家里的活大多是外婆和新舅妈在做。在我旁边，外公的叹息时不时扑进我的耳边，深紫色的 T 恤下，是没有脂肪没有啤酒肚的骨干。儿子、儿媳、女儿、女婿都在外面打工，把孩子们都留给了本来有病却必须承担生活责任的父母。

外公的眼神里是忧虑很久的瞳孔，他不像我的白内障，已经浑浊，已经发散不了忧虑的眼神。

我看着罗莎外公的瞳孔，我的眼睛更模糊了，连手里拿着的笔记本字里行间的字体、行和笔画都看不清楚。

罗莎端了一只碗在门里闪了一下就出去了。

我赶忙说："罗莎，你快吃午饭吧，饿坏了。"

一瞬间，罗莎放下碗筷，吃完了！

有这样快的吃饭速度？跟行军打仗一样的速度？

什么饭吃成这么快?

外婆说，泡饭。米饭兑了开水。

陈广学在表妹说话时飞快地闪了一次，又闪出去。他闪着的动作里，可爱的笑容在他稚嫩的脸上跳跃着。

外婆使劲地拿着灰粽让我吃。

我知道灰粽是黔南特有的一种用稻草灰和着糯米一起包的粽子，来平浪后才知道的一种端午节美食。

灰粽用山泉水灌溉的稻米和饮山泉水长成的稻草烧成的灰做成。粽叶是长在山上的，没有农药，没有化学药剂。青黄色的粽叶裹着白色的有香味的糯米，这样的粽子一口口吃进胃里，它是温暖的美食。

这么多孩子，你们怎么带？很辛苦吧?

听到我的问话，罗莎外婆眼睛已红。

罗莎 2 岁就在这里，一待就是 8 年多。

8 年多里爸爸妈妈很少回家，每个月打打电话问好。

“罗莎不吵着要见爸爸妈妈？或者打电话时会哭吗？”

外婆说:“每次都哭。”哭完了，一个人待一会，又出去玩了。罗莎听到说她，转了一圈又出去了。

我隔着门问罗莎：“想妈妈了？”

罗莎偎在门边，不说话。笑容里是淡淡的不经意的苦涩。

陈广学来来去去地在门里和门外闪着，就是不坐下来。

右图：陈广学。

“陈广学不哭？”

老人说：“他不哭。”

陈广学又闪进来了，笑笑地说：“我才不哭。”

陈广学的爸爸妈妈最早在深圳打工，那时陈广学 5 岁。每年爸爸妈妈都回来过年，只在过年的时候，陈广学才能跟爸爸妈妈见几天面。8 岁时，爸爸妈妈又去了福建，跟罗莎的爸爸妈妈一起帮老板打工喂海参、喂鲍鱼、晒海带。这样陈广学和罗莎很小就留给了爷爷奶奶。

孩子童年成长的时间里，父母一直在外打工。打工是爷爷奶奶经常跟孙子、外孙女说爸爸妈妈工作的一个词，也是罗莎和陈广学最早学会的一个词。这个词不仅让成年的我们承担了太多背井离乡的苦难，更让年幼的孩子体验了成年人的苦难里跟亲人分离的情感。

我不知道孩子们能读懂这个词的时候是什么年纪，我也不知道这些有着灿烂笑容的孩子把他们的笑容停留在什么时段。看着这些留在家里的孩子，成年人的我们经常会感觉语言枯竭了，文字贫乏了，思维凝固了，发音不准确了，嗓音哽咽了。

成年人的语言在这些孩子面前很幼稚，还没有孩子来得直接。

我问罗莎：“如果有一个选择机会，让爸爸妈妈回来陪你再也不出去打工了，你高兴吗？”

罗莎想了想说：“不高兴！”

我奇怪地问：“爸爸妈妈陪你为什么不高兴？”

罗莎的笑容没有了："我们家的房子是在银行贷款建的，如果爸爸妈妈不打工了，我们的房子钱就还不上，还不上，我们就没有新房子了。"

在平浪镇，留守的孩子占 70% 以上。秀山秀水的平浪，出去打工的年轻父母把赚回来的钱一点点地修成了新的砖房。新砖房旁边是他们之前破旧的老房子，新和旧的对比不仅对比着昨天和今天的距离，也对比着出去赚钱的距离，对比着每个父母离开孩子打工的时间长短。

罗莎的新舅妈在老旧的房子里做一个出嫁后的女人应该做的活，墙上的十字绣，家里的绣品，还有种稻收稻，种玉米收玉米。还负担着两个孩子的生活，内敛的性格里是农村女人纯朴善良的心。

老旧的砖房已经 20 多年，比陈广学和罗莎的年龄更长，罗莎的新舅妈把自己留在家里的代价，能否在不久的将来等到丈夫赚来一栋新楼？也许她想过、期待过、希望过，也许她从没有想过，在面对老旧的房子嫁到这里的时候，她已经知道什么是未来的结果。

在爷爷奶奶两个老人的生活里，有善良的新舅妈的陪伴，对罗莎和陈广学是一种意外的幸福。

陈福蓉从旁边的门里进来，她拉我去她的家。

距离陈福蓉家仅仅一墙之隔的门，陈广学的爷爷奶奶、新舅妈送了我很久。老人们一直在热情地说："晚上来吃饭，一定要来。有时间来家里。"

他们的话音在我身后的墙里回响着，我没有回头，回声打在我的心里，灰粽子暖在我的心里。

2

陈广学是陈福蓉的堂弟，陈广学的爷爷和陈福蓉的爷爷是亲兄弟。

陈福蓉的爷爷奶奶去山上的田里干活，要到晚上才能回来。

陈福蓉的家在旁边的旧砖房里，房子外面连水泥都没有抹。房子是两层的，应该在10年前就搭起来了，仅仅搭了个架子，两层旧的砖房已经在10多年的风雨中失去了红砖本来的颜色。橙红色的砖墙上面过多的是被雨水淋出来的水印，还有被太阳晒出来的斑印。

陈福蓉不知在什么时候吃过了午饭。

她的午饭是都匀上高中的堂哥做的炒豆角。铁锅里剩下的炒豆角有点发黑发暗，一直跟铁锅放在一起，留在铁锅里，菜已经氧化。孩子们还没有学会炒好菜后要把菜装在盘子里。也许堂哥一直等陈福蓉回家吃午饭，把菜一直温在锅里。

发黑发暗的炒豆角是陈福蓉和弟弟陈福建以及堂哥的午饭。孩子们谁也不挑食，谁也不说豆角发黑了。这是他们原本的生活，没有修饰，没有攀比，没有抛弃。

陈福蓉的堂哥在二楼，听到下面的声音，很有礼貌地下楼打了个招呼，然后就躲在二楼再没有下来。从陈福蓉的嘴里知道堂哥在都匀上高中，周末回家，给他们做饭。陈福蓉的弟弟陈福建在很旧的床边看着我们说话也不参与，他脸上有着堂弟陈广学的笑容，却比陈广学安静得多。

陈福蓉和陈福建是爸爸妈妈在福建打工时生的，所以连名字都用了出生地

六畜兴旺
鱼虾莲藕一池香
牛馬猪羊六畜旺

左图：陈福蓉的家在旁边的旧砖房里，房子外面连水泥都没有抹。房子是两层的，应该在10年前就搭起来了，仅仅搭了个架子，两层旧的砖房已经在10多年的风雨中失去了红砖本来的颜色。

的名字。

平时周一至周五，陈福蓉跟陈福建两兄妹在家有爷爷陪伴，可以互相照顾，旁边的陈广学的爷爷奶奶也经常照应着，周末堂哥回来，陈福蓉和陈福建的生活就像有个家一样了。哥哥一日三餐都按时做好饭，就是简单到一顿饭一个菜，在他们的生活里，这已经是很正常的生活了。堂哥不回来的时候，陈福蓉也会做饭，蒸米饭，然后炒饭。所谓的炒饭，就是放一点油把米饭炒一下，就是炒饭。炒饭是他们吃得最多的饭，简单容易，一学就会，而且不浪费时间。

在陈福蓉的家里，我和孩子们一直站着，说真的，找个坐下来的地方都感觉很难。我扫视着整个房子，除了空空的已经陈旧的框架楼，家里什么都没有。而我身边的孩子们：陈福蓉、陈广学、陈福建、罗莎，少年不知愁滋味地笑着、讲着。他们的表情里没有成年人对贫困生活的担忧，没有成年人的窘迫，没有成年人的难堪。他们少不更事的年龄里，只有美好的盼望、期待，他们的父母总会回来的，他们的新房子总会修起来的。

没有什么比空空的房子更空。

在出门后的一瞬间，我的白内障眼睛一片模糊，我看不到之前所看到的一切，那些雨淋的痕迹斑驳在陈旧的红砖墙上，也斑驳在我的视线里。

我带着孩子们向平浪小学的方向返回。

雨已经停了，我们从小路返回。

窄窄的田埂是平时陈福蓉、陈广学、陈福建、罗莎上学的路，这条唯一的田埂已经被踩了 5 年多，已经被踩成了一条成形的路。但是下雨天，稍不小心，就会掉进稻田里，掉进深深的沟渠里。

陈福建没有跟我们一起返回，他留在家里。

跟我一起的罗莎、陈福蓉、陈广学像欢乐的小鸟，他们在田埂上歌唱，在我的前面飞快地穿行。他们又像快乐的鱼，在水里快乐地游淌。

雨过天晴后的平浪，天是蓝色的，稻田是绿色的，山上的玉米已经成熟，饱满的穗伸出玉米秆，像庄稼的一面旗帜。四周的山被植被包围着，看不到裸露的皮肤，看不到平浪曾经的贫穷，也看不到平浪现在的贫穷。

平浪还没有被旅游开发，一切都处在最原始的自然环境里，没有工业，没有潲水油，没有黑心棉，没有毒大米，没有毒酱油，没有转基因，没有石粉掺假的面粉。水泥路面上没有高级轿车，没有拥挤的人群，没有小偷和骗子。

每户的家门都敞开着，没有锁，也没有人家丢东西。

这么美的景色，这么安全的地方，这么生态的大自然。它应该留给山区里这些缺少父母陪伴的孩子。

罗莎、陈福蓉、陈广学仍然在我前面充当开路先锋，他们快乐的笑脸在我的眼前成为一幅画，一幅山水画，我愿意把这幅画带给他们在福建打工的父母，我知道他们思念孩子的心情比任何人都深。如果在平浪的生活还有其他打工的选择，做父母的有谁还希望跟自己的孩子长期分离？这些留守孩子的父母们比任何人都希望留下来陪着自己的孩子，而不是背井离乡去别人的城市打工。

上图（左）：跟我一起的罗莎、陈福蓉、陈广学像欢乐的小鸟。

上图（右）：九峰寨的四姊妹里，陈广学的父母带着妹妹在福建打工。

下图（右）：雨过天晴后的平浪，天是蓝色的，稻田是绿色的，山上的玉米已经成熟，饱满的穗伸出玉米秆，像庄稼的一面旗帜。四周的山被植被包围着，看不到裸露的皮肤，看不到平浪曾经的贫穷，也看不到平浪现在的贫穷。

我的家乡很美

拍照片时，劳亮初放开了抓在王兴洋胳膊上的手。

在平浪中心小学的每一处，总会出现这样一幅画面。

一个白白胖胖的男孩子身边总有一个很瘦的男孩，并且这个很瘦的男孩总是抓着白白胖胖男孩的胳膊，很瘦的男孩叫劳亮初，白白胖胖的男孩叫王兴洋。劳亮初依恋兴洋的感觉，让我知道劳亮初内心的孤单和寂寞。兴洋总是笑笑地任凭劳亮初把他的胳膊拧巴成麻花或者一棵树枝丫，他不动声色，也不拒绝，似乎劳亮初拧的是别人的胳膊。

王兴洋跟劳亮初在同一个年级也是在同一个班级。他们的父母都在外地城市打工，他们都跟爷爷奶奶生活在一起。

在知道王兴洋和劳亮初名字之前，我一直对这对体格相差明显、白胖黑瘦分明的同学有着特别的喜欢，更确切说是好奇。

他们在平浪小学的操场上，习惯性地保持着瘦子拽胖子胳膊的动作，只要不是单独的活动，他们总是这样无意识地并排站在一起，胳膊套在胳膊里，脚丫踩在自己的脚底下，高的高、胖的胖、白的白，瘦的瘦、矮的矮、黑的黑。

父母的胳膊都远离在山区以外的城市里，远离在兴洋幼小记忆的时光里。

父母的胳膊在兴洋缺失的童年里，也在兴洋每天的梦里。兴洋在梦里，总是牢牢地紧紧抓住父母的胳膊不让他们离开，他抓住父母胳膊的时候，把自己哭成泪人。醒来后，知道是一场梦，梦里的一切又在原本的生活里慢慢地平静下来，什么痕迹也没有留下。

兴洋的爷爷是屠夫，在村子里帮人家杀猪。

房子是几年前盖起来的，新房子虽然空着，但每间房子都有他们的主人住过的体温。奶奶 55 岁，爷爷 50 岁。奶奶比爷爷大，爷爷白天经常在外面忙活，家里的农活都扔给奶奶在做。

看到奶奶辛苦，兴洋平时放学在家里都会主动帮奶奶煮饭、洗衣服，还帮奶奶带叔叔家的孩子。小小年纪，在家里也顶半个天。

兴洋 1 岁到 2 岁时，父母就到江苏打工了。

5 岁时，舅舅带他坐火车去江苏看过爸妈。去的目的是爸爸妈妈希望兴洋在江苏上学，跟父母待在一起生活。小小的兴洋当时看到父母在工厂打工，住在工厂狭小的宿舍里（包住不包吃），他还不懂得什么是生活的艰苦，为什么爸妈舍弃家里的大房子在陌生的地方住又小又破旧的宿舍。他只希望爸爸妈妈回奶奶的家，回自己的家，这样他每天就能看到爸爸和妈妈。

待了一个月，兴洋没有把爸爸妈妈带回家，爸爸妈妈也没能把兴洋留下来成为流动在江苏工厂的孩子。兴洋却坚定了幼小的梦想，我的家乡很美，我要留在家里跟奶奶和爷爷在一起。

兴洋选择了跟舅舅回到大坪。从 5 岁到 12 岁，兴洋再没有去江苏看过父母，也没有要想去江苏的念头。他记忆里的父母总是在他的梦里很真实地出现在他的生活里，而他总是在梦里挽留父母留下来，别去打工了，然后是恳求的泪水。

在兴洋上小学二年级的时候，父母在春节期间突然回家。突然的惊喜，突然的出现，突然的亲情，让小小的兴洋无所适从。陌生的父母在兴洋的记忆里还没有马上苏醒，他像看陌生人一样盯着父母的表情，可怎么也亲近不起来，也叫不出爸爸、妈妈的称呼。

农村的爸爸妈妈见到儿子也不会表达自己想念的心情，也不会责怪儿子叫不出口“爸爸妈妈”。农村人不善于表达的缺

左图：一个白白胖胖的男孩子身边总有一个很瘦的男孩，并且这个很瘦的男孩总是抓着白白胖胖男孩的胳膊，很瘦的男孩叫劳亮初，白白胖胖的男孩叫王兴洋。

下图：王兴洋和小伙伴们在玩耍。

陷，成了兴洋爸爸妈妈和兴洋无法交流的借口，他们在家庭的忙碌中打发了一种跟儿子之间陌生的尴尬。在父母心里，回到家就是回到父母身边，儿子就在自己眼前，叫不叫都无所谓。

过了两三天后，兴洋对父母从陌生到熟悉到亲近，才开始有意识地叫他们爸爸妈妈。爸爸妈妈也没有因为之前的没有称呼有任何的惊喜和喜悦，在他们的内心，儿子交给爷爷奶奶，他们放心。情感上情怀的缺失，他们没有那么矫情和细腻。

爸爸妈妈在过年的鞭炮声里跟爷爷奶奶、叔叔婶婶还有兴洋快乐地待了十几天后，要回江苏打工的工厂了。有爸爸妈妈陪伴的十几天，是兴洋最快乐的时间，虽然爸爸妈妈不说什么，也不会像城里的父母那样把孩子搂在怀里，亲近孩子，关心孩子，对孩子说好听的话，但是兴洋的心是满足的、踏实的、安全的。这个家里的热闹、温馨、笑声，只有这个春节是最富有的。

兴洋再不愿意爸爸妈妈从自己身边走了，他终于张开嘴告诉爸爸妈妈：“我不让你们走。”

爸爸妈妈给兴洋两个选择：一、留在家里陪兴洋，但是银行的房子贷款无法还上；二、去江苏打工，还银行贷款，住新房子，等房贷还完了就回家陪儿子和爷爷奶奶。

兴洋再次面临大人的选择，再次面临他需要的陪伴选择。

他含着眼泪点着头选择了父母的第二个条件，选择了失去父母的陪伴。

在兴洋家里，奶奶刚从农田里被兴洋叫回来。奶奶身上散发着玉米的味道，稻子成熟的味道，花椒开花的味道，山地里泥土的味道。她放下手里的活，说给我们做晚饭。我们再三拒绝了兴洋奶奶的热情，但是没有拒绝掉兴洋奶奶端上来的平浪山上种植的西瓜。

从兴洋的家里可以看到外面绿色的稻田、山上的玉米、门口的耕牛。油画一样的山区，油画一样的平卡村子，有浓浓的风景。

农田里的这些味道让我明白兴洋选择回家跟奶奶爷爷在一起，而没有选择在江苏城里陪着爸爸妈妈上学的理由。也明白了兴洋作为孩子对家的最原始的情感。

热爱是人类最好的老师，有了热爱，才有了执着、信念、理想。

兴洋的热爱刚刚开始，他的爱里包含着他对家乡的美的欣赏、吸引，也包含了他幼小的内心里坚持的动力。这些能量让兴洋在成长的选择上更执着于自己的内心，发自心灵。他还那么小，已经在选择上有了自己的判断。

当兴洋告诉我，我的家乡真的很美时，他的圆圆的脸蛋上透露出一种知足和享受。这种表情来自孩子，只有孩子才有的纯净、干净、纯洁、美好。他的牙齿白白地露在笑容里，他感染着我的情绪，也让我情不自禁地笑起来。在油画一样的“玉米地画册”里，我看到了一个懂得欣赏美的孩子，他一定有一颗温暖的心，善良的心，发现美、创造美的心。

家里的墙上贴着兴洋获得的“好学生”奖状、“学雷锋”奖状。

那些奖状因为没有贴膜，也没有镶玻璃镜框，直接刷着胶水贴在白灰粉刷过的墙上，被太阳晒得发黄、发暗，已经陈旧。但贴在墙上，是希望，是爷爷奶奶看到兴洋学习好的证明，也是给兴洋爸爸妈妈汇报成绩的一个理由。

我要回家当老师

1

我是在许多起哄的声音里走近他的，同学们说，刘兰昌会下腰，会跳拉丁舞。同学们起哄时，他的脸红扑扑的，眼睛明亮，笑容腼腆，像个女孩。

“谁会拉丁舞？”我重复着学生们的起哄，眼神触碰着这个腼腆的男同学。

“刘兰昌会。”

“刘兰昌，先来一个拉丁舞，再来一个下腰。”我继续鼓劲。

刘兰昌终于开口了：“我不会拉丁舞。”我看到他为难的表情，心想也许他真不会。

我说，那就来个下腰吧。

刘兰昌在许多许多的叫喊声中，推开拥挤，在中间的空地上，把手从头顶伸出后，直接按到了地上。这个时间不过几秒钟。

围观的同学们热烈地给刘兰昌鼓掌，我也给了一阵热烈的掌声。

有了第一次下腰，在随后华南农业大学开学典礼的团体心理分享活动中，刘兰昌又代表他的团队做了一个下腰。

这一天，刘兰昌的两个下腰动作让我熟悉了他。他更像在城市长大的孩子，对事对人的感觉很老练。后来才知道，他在浙江跟打工的父母生活过几年。

第二天中午放学，刘兰昌没有回家，他坐在座位上从书包里拿出一个饭盒，并小心地打开饭盒。饭盒里面装的是蛋炒饭，炒得有些焦了。这不是饭店的那种蛋炒饭。

我问："谁炒的蛋炒饭？"

刘兰昌吃着饭回答："当然是我自己炒的。"

"你早上吃什么饭？"

"蛋炒饭。"

"你中午吃什么饭？"

"蛋炒饭。"

"那你晚上吃什么饭？"

"还是蛋炒饭。"

"一天三顿都吃蛋炒饭？"

"是呀。"

我连珠炮式的题问跟刘兰昌连珠炮式的回答，让围观的大学生和孩子们都大笑起来。

做事麻利的刘兰昌成了大家的开心果。

刘兰昌很快地回答问题，很快地吃完饭，很快地做完作业。这是暑期，他家远，"三下乡"的支教活动课程是自愿参加的，他可以选择不来。但是他还是正点来，像上课那样准时。

之后的几天中午吃饭，我看见饭桌上多了王兴洋和刘兰昌，原来，他们都

左图：刘兰昌的下腰。

住在平卡，离学校远，中午回家往返得 2 小时。华农“三下乡”活动带队的老师林嫒让住得远的孩子中午不回家，跟大学生一起吃饭。午饭后，刘兰昌就帮大学生哥哥姐姐收拾碗筷，洗完，拖地。

饭吃得干干净净，地拖得干干净净，碗洗得干干净净。这哪里像 10 岁的孩子？

手语课上，刘兰昌学得格外认真，他的眼睛特别明亮，眼神跟着老师的动作要领，只要手语老师教两遍之后，他就能把基本动作做出来。

在学习的几天，刘兰昌喜欢跟女同学玩，而且玩得很开心。

他说跟男同学玩时，男同学太暴力，他不喜欢暴力，所以喜欢跟女同学玩。

他说话的样子很可爱，总是微笑着面对我的对视。当我跟刘兰昌交流时，其他男同学又开始起哄：“刘兰昌，来一个下腰。”

看见刘兰昌开朗的性格，阳光灿烂的笑容，爱读书的样子，我还以为刘兰昌是平浪学校老师的孩子。

在农村，尤其山区，只有当地学校老师家的孩子才能比其他在田里干活的孩子受到更多良好的家庭教育。而事情总是那么突兀，让我对自己的判断有点脸红。

小小年纪的刘兰昌留守过，也流动过。

平浪的罗校长告诉我，刘兰昌的妈妈做了鼻咽癌手术后，刘兰昌才陪爸爸妈妈从浙江慈溪回到平卡。

面对这样一个笑容灿烂的孩子，谁能想到，他小小年纪就已经背负着父母经历过的生活艰辛，疾病折磨。一个成年人面对生活打击时都不堪重负，何况一个孩子。这是一个内心多么坚强的孩子，我对刘兰昌更多了喜欢。

去刘兰昌的家步行需要近一个小时。

从平浪中心小学出发，刘兰昌和王兴洋带路。

砂石路面上，时不时有小四轮拖拉机飞驰而过，飘起的尘土飞扬了一条路。如果是雨天，这样的路又是怎样的泥泞？

刘兰昌和王兴洋从小走这条路去上学，他们已经会回避小四轮飞驰过来时扬起的尘土。他们不用看，只用耳朵听，只要很远听到车声，他们就早早地躲到旁边的玉米地里，用手把鼻子和嘴巴捂住，这样就可以减少灰尘入侵肺腑。

“谁教的方法？”

刘兰昌骄傲地说：“从书上看到的。”

“如果骑自行车怎么办？”我再问。

“听到车声，赶快下车，把自行车靠在玉米地上，人躲在旁边。”

刘兰昌的回答，是我在城市面对的画面。

城市的孩子成长到 12 岁，早晨起床需要家长催促，饭需要家长端在手里。出了家门，书包在家长肩上。放学后，学校门口停放满了各种高级轿车，只要孩子从校门口出现，孩子的书包首先放在爷爷奶奶或者父母亲的手里，仿佛书包是大人的专用品。

在平卡村，10 岁的孩子已经会自己做饭，给父母分担压力。

在生活的每一处细节中，12 岁的孩子已经会想办法照顾自己，照顾父母。

右图：刘兰昌家的房子是新盖几年的两层楼，外面是白色的瓷砖，门是酱红色的木门。院子是开阔的空地，没有围墙，也没有任何的装饰物。院子前面就是山上的玉米、稻田，可以敞亮着看四季里庄稼地里的颜色，可以敞亮着看绿色稻田上蓝色的天空、洁白的云彩。

这应该是我们成长的经历，虽然艰苦、艰难，但是每一道坎坷，10 岁的孩子自己都能去解决。

一条从平浪学校通往平卡村的砂石路，12 岁的刘兰昌和王兴洋让我学到了许多生活中的知识。我之前总以为，童年时失去父亲已经让我在成长中比其他孩子更早懂事。但在这条砂石路上，我看到了自己内心的渺小和胆怯。

路两旁的山上，玉米展示着成熟季节里的丰厚果实。平卡村的农民们都在庄稼地里忙碌着，早熟的玉米已经可以收割，套种在田里的南瓜秧苗可以打秧炒着吃。

刘兰昌在砂石路上引路，他很远就迎着一个女人去说话。等那女人从我们身旁走过后，刘兰昌说这是他的大妈，比妈妈还亲的大妈。1 岁多时，父母亲去浙江打工，刘兰昌被留给了爷爷奶奶，他 3 岁多就留在大妈家跟堂哥堂姐一起生活。

1 岁多的留守孩子在平浪的每个寨子、村子都很多，刘兰昌 1 岁多留守，是很正常的事。

在大妈家生活时，村子的人都问小小的刘兰昌，是大妈好还是他的妈妈好。小小的刘兰昌回答："大妈也是妈妈，大妈好，妈妈也好。"村里人都夸刘兰昌这么小就很懂事。因为父母不在身边，善良的大妈对刘兰昌比对自己的孩子都好，有好吃的先让自己的孩子让给刘兰昌，有好衣服了也先让刘兰昌穿。大妈家的堂哥总会嫉妒妈妈对堂弟好过自己。

刘兰昌在说大妈时的表情，温暖、满足、享受，在大妈家的几年，这个小

小的孩子真的享受到了没有父母在身边的爱。

我问刘兰昌，长大了想做点什么？

“当然想当宇航员了！”

“想当宇航员可得要最好的身体，还要无数次地进行筛选，难度很大。还是选个你能实现的愿望吧。”

“那我还是喜欢当老师，我长大了要回到我们都匀当老师，就像我们的老师那样，我要教我的学生热爱家乡。”

“好样的刘兰昌，我可记得你的梦想了。以后，我们来平浪看你当老师是个什么样的。”

“嗯，行。”刘兰昌笑开了花。

2

到刘兰昌家的门口，王兴洋回家了，他要先告诉奶奶一声，然后再返回到刘兰昌家。兴洋家就在刘兰昌家前面的山坡上，山路，看上去短，走路也要十几分钟。

刘兰昌家的房子是新盖几年的两层楼，外面是白色的瓷砖，门是酱红色的木门。院子是开阔的空地，没有围墙，也没有任何的装饰物。院子前面就是山上的玉米、稻田，可以敞亮着看四季里庄稼地里的颜色，可以敞亮着看绿色稻田上蓝色的天空、洁白的云彩。当油菜花开的时候，满眼的金黄又是另一种乡村色彩。

右图：推开酱红色的木门，屋里是暗色的水泥天地，水泥墙面上没有粉刷。也许是没有窗户的原因，没有光线的客厅是暗淡的，房屋里简单的家什让这个新家显得空旷而萧条。厨房在暗色的角落里，没有一点生气。

而这个空空的院门，因为主人的鼻咽癌，才有了人气，有了流动的脚步、声音和烧水做饭的家庭气氛。

这个院门空了几年了。

推开酱红色的木门，屋里是暗色的水泥天地，水泥墙面上没有粉刷。也许是没有窗户的原因，没有光线的客厅是暗淡的，房屋里简单的家什让这个新家显得空旷而萧条。刘兰昌上二楼去叫他的妈妈，我们在一楼的客厅等着。说是客厅，没有沙发，没有桌椅，只一个很小的饭桌在厨房的边上孤零零地站着，寂寞的，落寞的。此时此刻，我才懂得，一个物件在偌大的空间里呈现出来的孤独感是多么令人忧伤。

我的眼泪在有病的双眼里挤着要下落，我抬起手用手背把泪擦了擦。

刘兰昌搀扶着妈妈从二楼往下走，在一楼和二楼间没有扶梯，只有水泥台阶。

嘶哑的声音从二楼的台阶开始往下传，声音在擦过水泥台阶后落进我的耳膜里。这是刘兰昌的妈妈在向我们打招呼。刚刚做完鼻咽癌手术的她，嗓音还没有恢复过来，说话很吃力，声音沙哑，听不清楚。

这位 30 多岁的年轻妈妈，下到一楼离开水泥台阶的一刹那，挣开儿子的搀扶，把所有力气放在她握住我的手上。“老师，感谢你来我家。”

家，在这空空的家里，找不到坐下来的地方，仅有的两个小板凳，我把它们放在门口，让刘兰昌陪着妈妈坐下来。门外有阳光，阳光能驱散房间里阴暗的空气。

我们站在家里，从站着的位置能清楚地看到门口的大山、农田、庄稼地、蓝天白云；也能清楚地看清坐在门口的刘兰昌和他的妈妈。妈妈发音不清楚时，刘兰昌是妈妈的声带、舌头。他在妈妈身边坐下来的那刻，刘兰昌就不是在学校、教室，引领我们穿过砂石路上笑容灿烂的那个刘兰昌。他的面容随着妈妈的表情变化，或沉重，或沉思，或压抑，或流泪。

刘兰昌妈妈的鼻咽癌是在北京做的手术，住在北京的一个远房伯父家。妈妈住院期间，刘兰昌陪着妈妈。妈妈住在医院，刘兰昌在北京的伯父家，给妈妈送饭。10岁，刘兰昌像个成年人一样经历着生活带来的巨大灾难。伯父家的房子不是很大，但是比他平卡村的家要干净、敞亮。伯父家的人对他们都很好，希望刘兰昌留在北京上学。刘兰昌拒绝了伯父的好意，在妈妈出院后陪着妈妈回到了平卡村。妈妈的手术刚好享受到国家对农村的大病医疗新政策，自己没有怎么花钱，仅这一项手术开支，给这个贫穷的家庭带来的就是雪中送炭般的温暖。

从浙江回来后，父亲在都匀的建筑工地打小工，每月回家一次。如果他不打工，家里的经济就会出现问题。患鼻咽癌的妻子每天要按时吃药，一家三口的经济来源要靠打工的苦力赚。

妈妈患病在家里，刘兰昌是另一种意义上的男子汉。他负责充当妈妈的手、耳朵、腿、洗衣工、钟点工、洗碗工、清洁工。在这个家里，我才体会到刘兰昌一天三餐自己做蛋炒饭的生活是什么样的。难怪在华南农大支教的平浪小学的饭堂里，刘兰昌每餐都吃得那么开心，吃完后主动帮忙洗碗，收拾桌椅，拖地。他在享受施予的关怀的同时，也主动奉献着自己的劳动。

爸爸是水族，妈妈是布依族。两个善良、淳朴的民族组合的家庭也一样透

下图：他在妈妈身边坐下来的那刻，刘兰昌就不是在学校、教室，引领我们穿过砂石路上笑容灿烂的那个刘兰昌。他的面容随着妈妈的表情变化，或沉重，或沉思，或压抑，或流泪。

露着单纯美好。刘兰昌的妈妈没有生二胎，是为了让这一个孩子能有足够好的条件改变未来的人生路。

我从包里拿出几百元钱放在刘兰昌妈妈的手里，她使劲把钱塞回到我的手里，力量坚定有力。她说："我们布依族和水族有自己的习俗，从不接受善意的捐赠钱财。老师的心意我领了，你能来我家就是对我最大的尊重。"

我拿钱的手空空地搁在空空的家里，无所适从，又无力放下。在这个最需要钱的家里，这个布依族的女人给我的是一种敬重和力量。

从这个空空的家出来，刘兰昌妈妈说："你等一下，我去地里。"

刘兰昌跟王兴洋在门口张望着，他们张望的表情里是他们年幼的理想和愿望。在这片美丽的平卡村子里，一个选择留在美丽的家乡，一个长大了要回家乡当老师。孩子眼里的世界，是单纯的、纯粹的、纯净的、美好的，像平卡村子一样美的田园画。

刘兰昌妈妈从旁边的田里出来，手里提着黑色的塑料袋，她把塑料袋放在我的手里。这是地里的南瓜苗，很嫩，她叫我带回食堂让老师和学生吃。

黑色的塑料袋毫无抵抗地滚进我的怀里，像怀抱着整个庄稼地里饱满的玉米。我无法辜负这份田野的青色蔬菜，也无法辜负美丽田野的馈赠。

刘兰昌妈妈又走到邻居的门口，希望他们用小面包车把我们送回学校。

小面包车开出这空空的门口，暮色的夕阳里，是刘兰昌妈妈的笑脸，是刘兰昌的张望。

我在面包车里挥动着手，却如灌了铅一样沉重。

上图：刘兰昌和王兴洋从小走这条路去上学，他们已经会回避小四轮飞驰过来时扬起的尘土。他们不用看，只用耳朵听，只要很远听到车声，他们就早早地躲到旁边的玉米地里，用手把鼻子和嘴巴捂住，这样就可以减少灰尘入侵肺腑。

下图：刘兰昌跟王兴洋在门口张望着，他们张望的表情里是他们年幼的理想和愿望。在这片美丽的平卡村子里，一个选择留在美丽的家乡，一个长大了要回家乡当老师。孩子眼里的世界，是单纯的、纯粹的、纯净的、美好的，像平卡村子一样美的田园画。

而我耳边是刘兰昌的声音："老师，如果你回深圳打我妈的电话，她可能听不清楚，也说不清楚。你等我放学回家后再打电话，这样我就能替我妈说话。"刘兰昌的声音一直飘在平卡村的田野，响在我的肺腑。

断裂的寂寞

跟着平浪中学初三年级毕业班的陈老师和教务主任家访的第一个初中生叫刘运熹。陈老师和教务主任先在刘运熹家的楼底下扯着嗓子喊，喊了无数遍，没有回音。老师们担心是否出了什么事，再喊，高分贝的声音超过了车的鸣喇叭声。

仍然没有任何回音。

教务主任开始敲门，边敲边喊，没有声音回复。

于是，他焦急又担心地干脆打门了。

5 分钟后，刘运熹睡眼惺忪地把门打开一条缝。看到学生是安全的，高度紧张过后的陈老师和教务主任等不及学生的问候，就几乎是破门而入。刘运熹也没有想问候，呆呆地站在客厅中央，不说话，不让座。凌乱的屋子里是烟头、酒瓶、乱扔的脏衣服。还是老师把刘运熹按在沙发上说 :“你先坐下来。”

老师胸膛窝着一团火，面对学生的这种抵抗情绪，把火压到最低，最后话语变成了关切。

中考刚过，老师追到家里家访，主要是关心学生的中考志愿填什么。成绩差考不上高中，怎么不上高职？父母不在家，老师既是老师又充当了父母的角色。陈老师和教务主任以及其他任课老师轮番上阵。

老师：“准备报什么志愿？”

刘运熹：“不知道。”

“考得怎么样？”

“不知道。”

“跟父母商量了报什么志愿吗？”

“没有。”

“如果考不上高中，有什么打算吗？”

“不知道。”

“你怎么什么都是‘不知道’？”

刘运熹不再回答“不知道”，也不再张嘴。他自顾自地玩手指和手机，把老师当空气。

教务主任和陈老师觉得再问也是白费力气，起身走了。临走再三叮嘱刘运熹，如果想上职高，需要填报志愿给老师打电话。说完等刘运熹的回音，没有任何表情的刘运熹连身都没有起，坐在沙发上，像被钉子钉住了。

老师失望地走出家门，去找另一些学生家访。

我没有离开，在刚刚跟阳光灿烂的小学阶段的留守孩子交流后，我第一次看到一个初中生跟老师之间的交流是这样的结果。

从小学到初中，青春期的留守学生心理上的障碍是如此鲜明。

老师们走后，我的心格外沉重，我终于可以仔细地看看这新房子，以及新房子里的家什。这是我在平浪见到的唯一一栋新房子里有新家具的家，也是唯

右图：刘运熹总是背对着来人，他内心世界里的全部忧伤都沉默着。老师们无法跟他交流、对话。

——栋只有一个孩子单独住的三层楼新楼。

在这个三层楼的新房子里，面对一个很瘦的初中生刘运熹，有 25 年记者经历的我，不知道怎么张嘴说话。如果我的第一句话问错了，说错了，我们将无法进行任何交流。

我沉默着，刘运熹仍然玩他的手机，房间里还有华南农业大学支教的几个学生。其中吴泽苓也曾经是一个留守学生，父亲在她上学前班时就出外打工，一直到现在。她都上大二了，父亲还在外打工。

吴泽苓看到刘运熹这样，眼眶发红，鼻子抽搐。她也许想到了自己被留守的心理路程，她通过刘运熹看到了自己？

我终于艰难地张开嘴巴，我的声音从遥远的地方穿墙而来。

“这么漂亮的房子，就你一个人住呀？”

玩手机的人从鼻子里吐出一个字，“嗯。”

“这么大的房子一个人住也不害怕？”

“不。”

“爸妈放心你一个人住这么大的房子？”

“嗯。”

“这么好的房子怎么搞这么乱？”

“嗯。”

“没有叫同学一起来家里玩？”

“没有。”

“也没有让同学到家里和你住？”

“没有”。

“喜欢去上网吗？”

“偶尔去玩游戏。”

“什么游戏？”

“英雄联盟。”

“你是一个人打游戏呢，还是团队打？”

“一个人。”

“怎么不叫朋友一起组队打游戏呢？”

他沉默了。

“你在学校有玩得好的朋友吗？”

“没有。”

“喜欢看书吗？”

“不看。”

“那你一个人在家住，白天上学，自己怎么做饭吃？”

“买面条回来，早上煮面条吃，然后中午回家把剩下的面条热一下再吃，晚上放学后就在集市买些菜回来煮。”

“刚老师叫你名字，挺好听的，我忘了你的名字，叫什么呀？”

他很轻地说：“刘运熹。”

“很好听的名字，爸爸起的名字？”

“嗯。”

“你爸爸妈妈在外面打工多久了？”

“二年级的时候就在外面了。”

“那么小的你，爸爸妈妈打工去了，那你是和谁住呢？”

“和姨妈一起。”

“你和姨妈住哪里？”

“在墨冲镇。”

“你是怎么到这边来上学的？”

“后来从姨妈家转学到舅舅家那边。”

“你后来是在平浪中学读初中吗？”

“嗯。”

“那么大的房子你自己住，那多孤单呀！怎么不和朋友、同学啊出去玩，有什么事叫他们帮帮忙吗？”

他再次沉默着，玩着他手里的手机。

“是因为小时候老是转学才交不到朋友的吗？”

我看到他眼角泛着泪花，眼泪缓缓地掉了下来，但一句话都不说。看着他没有什么表情的消瘦的脸和他眼里汪着的泪水，我的心也已经沉重到谷底，我感觉到这样的交谈对他来说似乎有些残酷。

我们都沉默了一会，他也迅速恢复沉默的样子。

我再问：“爸爸妈妈经常打电话给你吗？”

“嗯。”

“那多久打一次啊？”

“隔一两天吧。”

“爸爸妈妈还是很爱你的，常常打电话给你。”

听到这话他稳定了情绪，恢复到一贯的沉默。

“打电话是和妈妈说得多还是跟爸爸说得多？”

“和爸爸。”

“家里有兄弟姐妹吗？”

“有一个姐姐，姐姐嫁到深圳去了。”

“外公外婆呢？”

“外公外婆在舅舅家。”

“初中三年你一个人住那么大的房子？”

“嗯。”

“跟爸爸妈妈见面多吗？”

“过年的时候父母回来，过完年又去打工了。”

“你知道爸爸妈妈在哪里打工吗？”

“在浙江。”

“爸爸妈妈怎么给你零花钱？”

“一个月打一次，一次两百到三百。”

“你想爸爸妈妈吗？”

“不想，我已经习惯了。”

他说不想的时候，眼睛又开始泛着泪花，泪水要掉下来的时候用手背随意地擦了一下。

“有没有想过去看看爸爸妈妈？”

“没想过。”

“想过出去玩玩，看看风景吗？”

“没想过。”

“你能给我你父母的电话吗？我回深圳跟他们联系一下。”

他很快给我报了一个号。

我很高兴刘运熹给我他父母的电话，很高兴他信任我这个陌生人。我在平浪甚至没有想过拨一下这个号码来验证它的真实性，我从没有想过，我相信刘运熹。

吴泽苓流着眼泪出了刘运熹的家，我拍着她的胳膊，问她：“你理解刘运熹？”她点点头，红色的眼睛还在掉泪。

留守，这个词，在刘运熹的新楼房里，让我读出了一个成年人的心酸。

在回到深圳的第一天，我按刘运熹给我的号码拨过去，在我准备着要对他的父母说什么话时，我听到的是手机号码的盲音。这个号码已经过期，我打了无数遍，这是一个空空的无人接听的号码。

山葡萄也有春天

河阳乡荣集村庄上寨是都匀的另一个乡村寨子，在平浪的背后。如果徒步翻山走 40 分钟可以到达，下雨后翻山走路是很危险的。

坐车从平浪出发，绕了几个弯后，只能下车走山路。

48 岁的陈老师带着我们爬过一个很长的山头后，到了她的学生何昌荣的家。何昌荣这次中考考了 642 分，是全校的第二名。本来老师预估的是 700 分，出成绩后是 642 分。这个分数，对于作为班主任的陈老师来说已经很满意，很高兴了。从初中一年级到初三毕业，何昌荣在这三年所经历的心理和情感的逆反期，只有陈老师知道。

从平浪中学到何昌荣家的这条路，陈老师每年都是骑自行车来家访的。春夏秋冬，一个季节都没有落下过。她闭着眼睛都知道，这条路上有多少个弯、多少个口、多少户人家。下雨时她推着自行车是怎样艰难地行走在这条山路上的？

我们气喘吁吁地爬上山坡，在山坡顶上不住地喘气。

到了何昌荣家的门口，只有一个 4 岁的小女孩在门口玩。陈老师说，何昌荣的奶奶一定在田里。田地离家不远，陈老师就在门口喊。几分钟后，何昌荣的奶奶跑回来，手里还攥着一把猪草。67 岁的她，跑步时跟年轻人一样，没有老年人的臃肿、蹒跚、笨拙，只有随风飘起来的有些花白的头发证明着她不再年轻，在这样满眼绿色的山里，一位老人，守着两个接力着留守的孙女，一守就是 10 多年。

陈老师像迎接自家的亲戚一样，很远地拉着何昌荣的奶奶回来。奶奶回来了，何昌荣却去了外面的城市打暑假工了。

山上的这个砖房已经盖了 10 年，是在何昌荣 5 岁的时候盖的。何昌荣 4 岁时被迫留守，父母去浙江宁波打工。小小年纪的她，没有等到父母回来陪伴，却等来了父母离婚的消息。父亲用赚回来的钱盖了这栋砖房，算是给父母和孩子的补偿。

10 年前的砖房跟现在的新砖房比，已经显得陈旧。而砖房里面是空空的家，没有家具，没有家里应该有的摆设。

何昌荣同父异母的妹妹一个人在塑料玩具车里玩着自己的童年，她不知道姐姐经历的生活，也不懂得自己现在经历的留守生活。同是被迫留守的 4 岁的妹妹，在房前的空地上滑动着她的塑料玩具车。她听不懂奶奶跟其他人讲述姐姐的童年留守日子，也听不懂奶奶讲她离开爸爸和妈妈后是如何的乖巧。她自娱自乐地玩耍，玩得很开心。看到一下子这么多人注视她，她更人来疯似地把玩具车弄得很响，时不时大笑着引起大人的关注。

像塑料玩具车一样空心的童年，她还不知道什么是寂寞、空白、陪伴。她在 4 岁的时光里，把成长的忧虑放在玩具车后的尾巴里。什么时候她可以读懂关于这个尾巴后面的童年？大山能读懂吗？

左图： 院门前空空的棚架上，何昌荣奶奶种的山葡萄秧在一棵枝条上挂满了山葡萄，绿色的叶子下绿葡萄茁壮地生长着。绿色是夏天的颜色，绿色是夏天稻田里的颜色，绿色在缺少颜色的院门里，把寂寞的农家小院子衬托得有了一点生机。

院门前空空的棚架上，奶奶种的山葡萄秧在一棵枝条上挂满了山葡萄，绿色的叶子下绿葡萄茁壮地生长着。绿色是夏天的颜色，绿色是夏天稻田里的颜色，绿色在缺少颜色的院门里，把寂寞的农家小院子衬托得有了一点生机。

陈老师跟何昌荣的奶奶交流着带孩子的不容易，时而抹泪，时而又笑。

何昌荣初一时爸爸带回来同父异母的妹妹，那时妹妹才 1 岁多，刚刚学会说一些简单的单词。父母离异后妈妈住在同一个村子，从不跟女儿何昌荣联系，何昌荣也从不希望见到妈妈。活着的妈妈像一个死魂灵，在何昌荣幼小的心灵里死去。现在又突然间多了一个妹妹，何昌荣无法接受，也找不到可以倾诉的人。刚刚上初一，刚刚有新的班主任，而且刚刚知道有了新的妹妹。这么多新的问题，何昌荣无法解决，奶奶给不了答案。班主任陈老师刚带这个班，还不知道会是怎样的老师。她开始叛逆，想找个男同学谈恋爱，即使学校不容许，她叛逆的内心对自己说，一定要做。

刚进初中的两个月，何昌荣在自己的内心世界里无力地游泳挣扎。上课不注意听讲，老师说什么，她当作耳边风。她把父亲寄来的钱全部花光，再要。

她买时兴的衣服，开始学着化妆，把自己打扮得像社会上的女青年。她觉得像社会女青年才可以混人生。她比男生逆反时的表现更突出，更让奶奶和老师心寒。

陈老师曾试图接近何昌荣，跟她沟通，但何昌荣根本不理睬陈老师。

何昌荣的逆反心理让作为“母亲”的陈老师无比焦虑。这样的逆反学生在平浪中学太多，何昌荣是其中最典型的一个，家庭成长环境典型，父母离异再婚后，母亲放弃了照顾女儿的责任是导致何昌荣产生逆反心理的最主要原因。

陈老师分析原因后，把何昌荣约在自己家里，像一个母亲对待自己的女儿一样，给何昌荣做饭吃。

第一次，何昌荣拒绝了老师的邀请，何昌荣对陈老师说，我知道你要跟我说什么大道理，我也知道你关心我，但是，我想说：“老师，我想念一个男生有没有错？”

何昌荣开口说话了，陈老师就有希望了。

陈老师说：“你这个年龄想念男生是小了点，如果你把想念一个空空的男生的时间放在学习上，学好了，自己有了好的工作，好的人生，以后想念一个更好的男生都是容易的事，你现在不好好学习，浪费自己的学习时间，哪个好男生会喜欢你这样的女生？你也要像你的母亲那样，自己的孩子都不管，让孩子有母亲跟没有母亲一样？哪个孩子希望有这样的童年？何况你的奶奶带你不容易，她要替你的父母照顾你，还要下地干活，那么大年纪的人，不能安享晚年，还要为孙女操心，你希望奶奶为你伤心吗？”

何昌荣开始流泪，无声的抽泣遮盖了所有的声音。陈老师也跟着流泪，她太心疼何昌荣了。她觉得何昌荣这么小，就要承受大人带来的所有生活痛苦，对这样一个小孩子来说太不公平。班里还有许多逆反的学生，她得一个个做工作，心累，又无助。

从 18 岁开始当老师，30 年里，陈老师对平浪的山山水水熟悉到骨子里。30 年里，她带过的毕业生留在中国的各个城市。她曾经享受着一名老师的骄傲和桃李满天下的荣光。可就在最近的 10 年，平浪留守孩子越来越多，学校教育越来越难管，她焦急、心焦、痛苦。原来的教育模式已经不适应现在的留守孩子，学校的教育已经不再是教育为先，而是管理为先。留守孩子的父母都在外地打工，孩子交给留守的爷爷奶奶照管，监管责任不到位，如果一个孩子发生什么意外，所有的责任都在学校。这种压力不仅来自学校领导，也来自每一个老师。许多有门路的年轻老师都找关系调离乡村，去了城市。留下来的老师，一类是像陈老师这样一辈子扎根乡村的优秀老师，另一类就是没有关系找不到后门调动工作的老师。两类老师在中国的农村陪伴着今天的留守孩子，也把他们的未来和人生留在大山、农村。他们是今天的留守老师，却得不到应有的报酬。

何昌荣打开心扉后，学习成绩像长跑一样，一个学期一个变化。何昌荣中考 700 分的预估变成 642 分，对老师来说仅仅是一次小的失误，凭此成绩，何昌荣可以在都匀市上最好的高中。但何昌荣却认为是自己的粗心造成的失误，所以知道中考分后，她郁闷着出门去打暑假工了。她要学会给自己赚学费，靠自己养活自己。

陈老师把何昌荣的毕业照给了奶奶，并指着站在前排中间的何昌荣说："您孙女。”

何昌荣奶奶满脸的皱纹都在笑，都在颤抖，眼里的一点泪滴被风挂掉了。她拿着照片，笑容在照片上的阳光里荡漾着。这一刻，奶奶的笑是发自内心，发自肺腑的。

何昌荣的妹妹故意露出她的洁白的牙齿做顽皮状，再故意弄出一个夸张的动作让站在奶奶旁边的大人关注她，原来，大人们一直在说姐姐，没人理睬她。

塑料玩具发不出响亮的声音，也开不出远的距离。玩具车里的孩子在中午的阳光里晒着，同时晒着的是她正在成长的未来，在父母远离的童年里，我希望她能像姐姐一样内心坚强，用坚强面对未来成长中的所有问题。

山葡萄在中午的阳光里晒着，奶奶摘下几串饱满的葡萄，洗干净，放在我们手里。

山葡萄酸甜的口味冲淡了之前与陈老师交流中的哽塞话语，一股酸甜的味道沁入我们的胃。

在河阳乡荣集村庄上寨，我记住了一个叫何昌荣的名字，她在毕业照片上的清秀面容一直在我的记忆里反复涌动着。

大山背后的爸爸

“如果你把这个地方当作天堂，你就永远生活在天堂。如果你把这个地方当作地狱，你就永远生活在地狱。”

这句话是吴泽苓上小学时，她的英语老师李燕告诉学生们的。李燕老师是第一个从平浪小学考到外面城市后回来的英语老师。这位年轻美丽的布依族英语老师不仅教他们英语，还教音乐。

李燕老师在平浪中心小学上学时，这里是完小。从一年级到五年级，老师在一个课堂上课，上一个年级的课时，其他的年级可以自习阅读。学校的房子是瓦房，天下雨，外面下大雨，教室下小雨。13 年后，她上完初中、高中、大学后再回到平浪小学，学校还跟 13 年前她考上初中时一样，一点变化都没有。

站在几十年不变的讲台上，李燕给学生们的见面礼是这句饱含着人生哲理的话。

年纪小小的吴泽苓当时并不懂得这句话的含义，直到她上大学，在华南农业大学参加阳光团队的支教活动时，她才真正明白英语老师李燕给她们讲的这句话意味着什么。于是，她跟小学时的班主任，现在的平浪中心小学的校长罗定国联系，问是否能让华南农业大学阳光团队的学生去平浪中心小学开展“三下乡”支教活动。班主任为了给曾经的学生一个完成任务的信心，答应了这次活动。

吴泽苓的班主任告诉学生，深圳的航月老师要来平浪，看能否联系一起来，这样吃住方便。平浪镇小，没有住宿的宾馆，没有饭馆，吃住是问题。为了吃住方便，在我出发前往平浪前，罗校长已经为我考虑到到达平浪会遇到的实际困难。

吴泽苓的一个电话，让在广州上学的她和在深圳的我提前认识，并有了在平浪的半个月的相处。

个头瘦小的吴泽苓说话总露出她的前门牙，憨憨的，很简单也很单纯。瘦小的个头让她看上去更像一个高中生，而不是大学生。她是平浪唯一考取华南农业大学的女学生，可她没有显示出值得骄傲的样子。

每次家访她都参加，她是本地人，也是导游。每次她都在其他留守学生的叙述里流着眼泪，每次家访回来，她都是双眼红红，两颊泪痕。

我还以为吴泽苓是个爱伤感的女生，所以她才喜欢流泪，为其他学生的留守经历感怀。当吴泽苓把我们带到她的家后，我才知道这个大二女生是从学前班开始留守的，是最早成为留守儿童的“九〇后”孩子。

吴泽苓的家也在河阳乡荣集村庄上寨，住在半山坡上。从何昌荣家下山坡再上山坡，十几分钟就能到。山坡后面就是平浪，吴泽苓上学时总是从背后的山坡翻过去走小路到学校。两间砖房已经10多年了，是吴泽苓上小学时父亲从江苏打工回来盖的。

从学前班到大二，10多年的成长记忆里，爸爸跟这个家庭的全部成员能够见面的时间只有短短的几次。几次呢？7次？8次？吴泽苓都无法把这个时间具体地记起来。能回忆起来的见面，是一次爸爸打姐姐。那时姐姐刚考上初中，爸爸专门回家送姐姐去上学，在路上爸爸让姐姐叫“爸爸”，姐姐不叫；爸爸跟姐姐说话，姐姐不说；爸爸让姐姐拎书包，姐姐不拎。姐姐抗拒的性格让爸爸很生气，爸爸顺手在姐姐没有表情的脸上打了一巴掌。姐姐愤怒地看着爸爸，然后捂着脸跑到学校，从此再没有理睬过爸爸。“爸爸”这个能够叫出来温暖的词语在姐姐的心里已经死亡，她也从不愿想起。姐姐初中没有毕业就去都匀打工，小小的年纪帮助妈妈承担着照顾三个未成年孩子的家庭重担。姐姐在都匀的服装店帮别人看店，每个月几百元钱，把省吃俭用下来的钱给吴泽苓买漂亮的衣服，买零食，给吴泽苓和弟弟零花钱。姐姐把没有得到爸爸照顾、关怀的全部的爱都通过年幼的肩和辛苦劳动给了家里的妹妹和弟弟。

姐姐是吴泽苓成长的履历表，一幕幕都刻在记忆里，在她成长的全部泪水里。

吴泽苓跟姐姐的性格不同，温顺，听话。因为有姐姐的逆反，在姐姐身上看到的参照，小小的吴泽苓知道，跟大人逆反，得到的都是家庭暴力。她从小就乖巧、懂事，帮妈妈干家务，照管弟弟，家里的活、田里的活，吴泽苓都会，都抢着去做。上初一时，吴泽苓需要寄宿到学校，每到周日，她从家里背上一周的米，再翻过荣集镇的山走山路到平浪中学。经常没有男人在的家庭，在农村总会被其他人欺负。在中学，吴泽苓就经常被班里的男生欺负。每次放学后进宿舍，吴泽苓都无法打开宿舍的门，门被男生上了锁，她只有在外面哭。夏天还好，但是冬天，小小的吴泽苓瑟瑟发抖，冻得不成样子，还不能找老师告状。如果老师知道了，男生受了批评，吴泽苓就会受到变本加厉的折磨。柔弱者的坚韧胜过坚硬的岩石，在这样的环境里，吴泽苓在初中的成绩总是全年级第一名。初中有不堪的回忆，也有幸福的回忆，这个回忆是跟爸爸在一起的唯一一次。

爸爸把在江苏打工的钱带回来盖房子，原来的一间旧房子无法让长大的弟弟和全家睡在一张床上。爸爸回来，自己做大工，上梁、砌砖、抹水泥，吴泽苓暑假帮爸爸挑灰、搬砖，做小工。12岁的她一次能在20米距离的地方搬7块砖，还能飞快地往返。

从来没有笑容的爸爸，就在吴泽苓上初一的夏天，在盖新房子的工地上，爸爸边干活边露出仅有的笑脸，有时还能唱上一段歌，哼着调。

这是吴泽苓最快乐温馨的夏天，也是她独自享受父爱的美丽的夏天。繁重的体力劳动让这个瘦小的女孩感受到的是另一种劳累后的幸福感，有爸爸陪伴着，有爸爸的世界就应该是这个样子。

房子盖好了，就两间，把弟弟分出来了。还有两间房屋的地基要等到爸爸再赚上钱才能盖起来。这一等就等了10年，爸爸在10年间偶尔回来，但是空出来的地基上没有再建新房。爸爸老了，在外面打工干体力活不再像年轻人一样的有力，钱也没有那么好赚了。

中考时，爸爸答应回家陪吴泽苓。但爸爸忙没有回来。

在都匀上高中后，吴泽苓不再想给爸爸打电话，即使爸爸打了电话，她也沉默着不说任何话。每次她只听到爸爸在电话里说，说话呀，为什么不说话。

电话里是爸爸的喊叫声，她听不到，她眼前的画面一直停留在初一的夏天，这个蓝天、白云、绿色铺满山坡的夏天只留在她 12 岁的记忆里，也永远地留在了她全部的思念里。

上大一的时候，她听到村里人说，爸爸在江苏没有工做了，去了浙江杭州做电工，有的说在工地做小工。爸爸有风湿病，在南方潮湿的气候里总是腿疼。这些都是听别人说的，爸爸没有对她们说过在外面的城市做什么，也从没有提过说自己有病，更没有让家里人去打工的城市看他。

在农村，爸爸出门打工长时间不回家的人家太多，农村的孩子已经习惯了没有爸爸，或者没有爸爸妈妈在家陪伴的生活。只有在长大后他们才能懂得父母付出的艰辛。

还好，吴泽苓有妈妈在家陪着，有妈妈的爱，至少她的生活比起爸爸妈妈都不在身边的孩子要好多了。

在上大一的时候，吴泽苓有了学费、生活费和其他杂费的开销，一学期下来需要一万多元，一年就是三万元。两个三万元就可以修自己家空出来的房子了，而这是她需要的上学的费用。只有爸爸在外面打工才可以供她继续上学，如果不是爸爸在外面打工，也许她连上大学的机会都没有。姐姐已经嫁人，不能让姐姐负担她的学费。而她要上大学，就得花费，那不是一般的开销。上学的学费是钱，学校的水电要钱，打电话要钱，住宿要钱，吃饭要钱，买日用品要钱，什么都需要钱……这些在高中没有的开销，在大学里一下子集中在一起，对吴泽苓来说是一种很沉重的负担和压力。每当同学们开开心心地从取款机上取回来家里寄的钱，买东西，换手机，改善伙食，愉快地消费时，吴泽苓却害怕看到这一幕。

生活过，才慢慢地理解了爸爸脾气暴躁背后所背负的全部生活压力。每月爸爸把生活费寄给她时，她都会为手机上显示的1500元的数字落泪。这1500元，爸爸需要省吃俭用地攒下来，才够吴泽苓的生活开销。

家访时走进平浪每个留守孩子的家里，吴泽苓偷偷擦去的泪水都是她过去全部生活的再现，她看到了留守孩子现在的状况，想到的是自己过去同样的被迫留守的生活。在吴泽苓的家里，我终于读懂了这个瘦小的女孩内心经历的无爸爸陪伴的童年，也读懂了她所有没有开口说出的故事。那些沉重的成长故事在背后的山路上，一点点地走向很远的天际。她能忘记的时候，或者她能平静地想起来的时候，她将是一个成熟的女子。

妈妈打开自己酿的山葡萄酒，让吴泽苓放在每个老师的面前。淡淡的酒色是山葡萄原本的色泽，甘醇，味浓。这个坚强的妈妈独自带着三个孩子，在没有丈夫经常陪伴的时光里，逐渐衰老。她衰老的容颜里没有抱怨，没有怀恨，没有指责，没有衰败。她只将她的青春岁月在山坡上的两间房子里和山外的庄稼地里无尽地消耗掉，她消耗掉的是女人一生的青春，是给三个孩子一年年的陪伴。也许她可以看见，每天她的丈夫就在大山的背后，陪着她干活、带孩子。她的丈夫陪着她经历着同样的青春岁月，同样衰老，同样消耗掉了男人的一生。

山背后的想念和思念，也在吴泽苓现在正在经历的青春里，她知道大山背后遥远的爸爸一直在她上初一的夏天定格着，一直把那份幸福的时光刻度在她未来成长中的每一天。她的每一天就靠这些美好的回忆，深刻地回想，一点点饱满了她瘦弱的青春，瘦弱的身体，瘦弱的梦想。

第二辑

从最远的大山到最远的大海

2015年，羊年手记

中国6000多万留守在农村的孩子的父母集中在沿海城市打工，他们从最远的山里到最远的海里，他们把孩子留给年老的父母，背井离乡。因路途遥远，甚至过年他们都无法回家，跟孩子团聚。贵州都匀平浪镇的罗莎的父母就是这庞大群体里的一员。

2015年羊年的大年三十，我从深圳到福建宁德市霞浦县下浒镇大湾码头见到了他们，并和他们在渔排上度过了中国人的羊年春节。

1

2015年的羊年年三十，中午12点半，苗家汉子罗绍友喂完最后一笼海参，并把海参笼放到渔排下面的海水里时，他把瘦弱的身体缓缓地从渔排的间隙一点点地向上拉升站直。每天喂450多笼海参的弓腰动作，持续4个小时，已经让他筋疲力尽。他好不容易站直腰后，前面妻子陈业敏同样也完成了450多笼的任务。罗绍友想跟妻子说些什么时，话还没有到嘴边，妻子已经站在眼前，并劈头盖脸地开始数落他。罗绍友想好的词被突如其来的骂声打晕，他只好闭嘴，然后转个方位向渔排上的小木房走去。妻子跟在后面向同样的方向走，这是他们完成工作后收工的默契动作，也是一同回小木房的唯一方向。

上图：罗莎的妈妈。贫穷的家里仅仅用一头猪就把年轻美丽的陈业敏从平浪镇娶回家。

这样突起的骂声和闭嘴消气的情景每天在他们的生活中上演。罗绍友已经习惯了回避，也习惯了被骂。妻子可以在任何时侯，不分青红皂白，不分场合开骂。妻子的怨气积累了10多年，压抑了10多年。自从生下女儿，自从把2岁的女儿罗莎留在平浪的外婆家，自从他们把脚步踏入别人的故乡，妻子陈业敏的骂战便逐渐升级。

自22岁，妻子选择嫁给罗绍友，他没有给妻子和孩子一天稳定的生活。妻子为了爱情，贫穷的家里仅仅用一头猪就把年轻美丽的陈业敏从平浪镇娶回家。他甚至连欣赏的时间都没有，和妻子陈业敏便开始了打工的生活。

罗绍友先进了小木房旁的厕所，陈业敏洗手做饭。小木房里还有一起从贵州来的老乡，一同组成了渔排上的组合家庭。

陈业敏骂过罗绍友后，会几天不跟丈夫说话。中午的饭吃得不声不响。

陈业敏吃完午饭后，找船把她运到大

湾码头，然后她要打摩的去下浒镇上接人。

（年三十陈业敏跟丈夫罗绍友吵架是渔排上的东北人张老板私下告诉我的。）

2

陈业敏准备接的人是我和老兵杭枭。

年三十早晨 5 点，我和老兵杭枭就起床，赶第一趟从罗湖火车站首发的地铁去深圳北站坐“和谐号”到福建宁德市霞浦县下浒镇大湾码头，跟贵州都匀市平浪镇的留守孩子罗莎父母过羊年的春节。

见面的理由，是我想要面对面地跟这些把孩子放在农村的爷爷奶奶身边，而常年不回家的父母交流。我希望我能在有数的几个个体中读懂中国 1 亿农民大军背井离乡的真实生活。6000 多万留守在中国大山里的农村孩子和 3000 多万流动在城市的孩子是一个够庞大的数字，数字背后的故事，让我们有良知的中国人悲悯。我们能做的仅仅是走近他们，了解他们，理解和关怀他们。

2014 年的 7 月，我在贵州都匀平浪见到了罗绍友和陈业敏的女儿罗莎，还有她留守在家的堂哥、堂弟、堂姐。

我本来想 2015 年的羊年再去平浪看看孩子们的父母回家过年，再三联系后，才知道罗莎的父母无法回家。于是赶快预订深圳到福建的“和谐号”。

在霞浦火车站，去下浒镇的公共汽车已经没有班次。

年三十的天阴阴沉沉的，在霞浦车站就开始淅淅沥沥下雨，我们没有带伞，在雨中，我们跟出租车谈价格。从每人 100 元，谈到 80 元。

在出租车上，陈业敏就开始打电话，问我到哪里了。她要我在下浒镇下车，她在那里接我。她在电话里说，出租车太贵了。

太贵了，也得坐。年三十没有任何的车可以代步，霞浦到下浒，开车要近 2 小时。

车在山路上绕弯颠簸，陈业敏打来的电话总是在“喂”一声后中断。

出租车司机说：“不用接电话了，没有信号，到下浒镇再联系吧。”

我从没有见过罗莎的父母，在平浪罗莎的外婆家，我甚至没有看到罗莎的父母和她的照片。罗莎妈妈的形象在我跟她之前通话的感觉里，是一个快人快语的女子，一个会关心人的女子。就在我从深圳出发前，她还发信息给我，要我多带厚衣服，海上天气变化大，阴冷。

乘出租车的时间，罗莎妈妈的形象在我的心里一点点地变化着，从一个影子，到一段声音的记忆，再到声音后面能感知的笑容。

司机问：“大过年的，你们要去旅游？”

我说：“不。”

司机再问：“到亲戚家。”

我说：“不。”

他说：“不旅游，不见亲戚，你们到下浒干什么？”

“见罗莎的妈妈爸爸。”

“罗莎是谁？”

“贵州的留守孩子”。

司机“哦”了一声，算是回应，也算明白？

“下浒有贵州打工的人吗？”该我问司机了。

“下浒下面的码头有许多从贵州来打工养殖的人。”

有了司机的话，我找罗莎妈妈的心有了着落。之前有点空空的心踏实了，也安定了。

出租车外面的风景在眼前飘忽而过，渔排、竹排、滩涂、停驶的渔船，即使天气仍然阴沉着脸，海湾边的景色也足以让一个出生在新疆草原上的我发出赞美的惊叹。

“太美了！真的太美了！”

我的赞美话音在司机持续的绕弯中，中断又恢复。我想象着罗莎父母在如此美丽的海上工作，那是一种什么样的工作，以至于在过年都不能回家跟孩子团聚。

出租车突然开到一个人多的地方停下来，司机说：“到下浒镇了。”司机在说话的时候已经跨出车座和方向盘，他在跟一个女子说话。

我和老兵杭枭还没有钻出出租车门，司机带着说话的女子来到车前。女子没有自报家门，直接去后车座帮忙取行李。

我加快了动作，下车。

“罗莎妈妈？”

女子笑着，“阿姨，你们辛苦了。”

阿姨？罗莎的妈妈叫我阿姨？我突然明白，南方孩子的父母为了尊重对方，都用孩子的称呼叫人。

这样的见面方式是第一次遇到，像认识很久的老熟人，也像很亲近的亲戚。浓缩了语言，减少了程序。我被一种力量牵引着，被一种光牵引着，被海水牵引着。

罗莎妈妈没有问我们怎么住。她带着我们往她牵引的方向走。

原来到了下浒镇还不算到达目的地，还需要乘车到下浒的大湾码头。跟司机说了好多好话，再付 50 元车费，出租车又开始了行程。

半个小时后，罗莎妈妈说："到了。"

她抢着跟我付钱，我抢在了她前面交给司机 50 元。

到了，其实还没有到。仅仅出租车到了该到的位置。我们在罗莎妈妈的牵引下，下了一个大坡，再转弯往前走。

走的是小路，泥土跟沙子混合的路，下过雨后坑坑洼洼。

我穿的高跟靴子，在坑坑洼洼的泥沙路上艰难前行。

前行 20 分钟后，前面是一片海，左面是滩涂，停靠着坏损的船只。坡上的芦苇在坡下回望时，我才看到摇曳的绿色枝干。右边有一些渔排一直往海面上延伸。

在一块很大的水泥平台上，罗莎妈妈打电话叫船来接我们。

叫的船需要半小时后才能到来。罗莎妈妈很着急，在平台上寻找着搭乘的船只。

100 多平方米的水泥平台是大湾码头从海里上岸的留守平台，它孤独地蹲守在码头的寂寞之地，没有缆绳，也没有停靠的运行船只。从岸上到海里，从海里到岸上，拾级而下，拾级而上。

站在这个平台上，海风吹着我的头发、眼睛、皮肤、衣服。海风在阴沉的天气里，慢慢地将海味送到我的嘴里、头发上、眼睛里、皮肤上、衣服上。海风里的海上，星星点点的渔排像银河系。

罗莎妈忙碌地寻找着渔排上的船，她飞快地跑下台阶，跟一个远处的船招手，船开过来了。她在下面喊："船来了。"

老兵杭枭拎着行李飞着下了台阶，我一个台阶一个台阶的数着下，腿有点风湿，下台阶的样子像一个老人。

杭枭飞身上了靠在岸边的船，罗莎妈拉着我的手踩上了船。

船用的是柴油发动机，突突地冒着黑烟，并灌进我的嗓子眼里，咽到肺里。

罗莎妈连嘴都没有张开，用眼睛寻着远处。

船冒着黑烟往渔排密集的地方开。

船上还有几个人，他们友善地打量着我和老兵。我微微地向他们笑一笑，并轻轻地吐出灌进肺里的柴油味。

船的前面全是渔排，同样的渔排，大的小的，在同一个海域铺陈开来。像海上的陆地，也像海里的银河系。

海那么宽，那么长，那么大，人在海面上就是一叶浮萍，这是我在这个小船上第一次感受到的。

船停下来，一个年轻的小伙从渔排上接过罗莎妈妈递过去的我们的行李。小伙扛在肩上从渔排上飞一样地脱离了我的视线。

我的长筒靴子踩在晃悠的渔排上，晃悠的不仅是渔排，还有我的心脏。

罗莎妈说："我拉着你。"

老兵在前面回望我，我有罗莎妈照管。

还好，眼睛看渔排上的海水是黑色的、不清楚的。我终于跟在罗莎妈的后面忐忑地走进了她领进的渔排上的木头屋里，里面是满屋子的人。

到终点站了，仅仅从霞蒲车站到终点站就用了近 5 个小时。这比我在深圳时想象的时间更长，走了更久。

满屋子的人都站起身，我再次微笑，仍然没有看清楚给我们拎行李的小伙。罗莎妈没有介绍，大家似乎就已经熟悉到没有必要介绍一样。

罗莎妈把我们带进屋里后就开始去跟另一个女人做晚餐，这是中国的羊年，2015 年的 2 月 18 日。

女人们做饭的间隙，我坐下来，面对陌生的房间里的男人们开始仔细地打量起这个木屋。

小木屋总面积 16 平方米，中间是约 6 米长的休息、吃饭、行走的过道，过道两边有两排 3 个更小的房间，用木板拼起来的，每个房间约 2 米长，里面放一个 1.2 米长的高低木床。每个小房间住一个家庭，是渔排上的人间世界。

除了住人的房子，渔排上的其他地方都是用竹子、木板、漂浮物搭起来养海参的，六间小房子，每个人睡一间。门口有一间厨房和一间厕所，吃饭的桌子放在房子的中间，高压电、有线电视线都是从岸上走水底拉上来的。过年期间可以看春晚，信号差，电视总是随时中断，雪花摇摇摆摆地在每个搜索的频道里停留。从岸上到渔排距离虽然不远，但是有海隔着，就必须坐船才能到渔排上。没有船，只能在岸上等，等待，等着，没有时间。渔排上用的淡水也是从岸上用船拉过来装在几个大的蓝色塑料桶里的。

渔排上的房间都是用木板做的，一点都不隔音，仅仅起到遮挡的作用。

渔排和木屋都是在岸上搭建好后，再通过船运往指定的海域。这里的海域曾经是下浒当地人生活的根据地，因为他们现在都有了钱，在岸上盖了楼房，全部搬

上图：下浒渔排：留守孩子父母在打工的地方过2015年的春节。

上图：风干的腊肉。

下图：做年夜饭。

进楼房，跟渔排上的辛苦生活彻底告别了。

他们的海域都承包给外地人从事海上养殖，每个承包老板再招外地的打工者来这里喂海参、种海带。

这个木屋里的人，包括罗莎的爸妈，就是被朋友们一个个介绍来到这里，在海上的同一个渔排给同一个老板打工。

一桌有螃蟹、腊肉、腊肠、卤鸡、卤猪皮、皮冻搭配的贵州特色的年夜饭摆在很旧的圆木桌上。中间是大的煤气灶台顶着一个铁锅，里面是贵州的青菜汤锅。

本来汤锅是放在电磁炉上的，在这个简陋的渔排上，没有电磁炉，聪明的女人们就用炉灶代替了电磁炉。什么样的工具能代替家乡的味道，这才是最重要的。

在饭桌上开始认识这个来自贵州都匀的大家庭。

也是在年三十的晚上开始认识罗莎的爸爸妈妈。

3

这是福建霞浦下浒，贵州都匀平浪的留守孩子罗莎的爸妈在这些渔排上打工养殖海参。过年回不了家，年三十，罗莎妈从大湾码头打摩的到下浒镇迎接我，身后的孩子在大山那边。从大山最里边的山里到大海最东边的海里，年轻的父母撇下孩子，只为了讨生活。在海上的渔排房里，我和他们在这里过2015年的羊年春节。

坐在一起的五个家庭，来自贵州都匀的五个农村，在这里，乡情、乡音、乡味让他们在同一条渔排上求生存。因为生活的困难，她们舍弃孩子在外谋生。当我埋怨她们远离孩子的陪伴时，我已经将语言落到最低，低到无言以对。

这是从遥远的大山到大海的思念，在缺少的陪伴里，生存比思念更沉重。

这个组合家庭的男人们好不容易有点时间坐下来唠家常，而且是在喝了点米酒后，话匣子都自然地打开了。

罗莎妈妈的手机是来宁德后充话费送的，旧款的联想手机。视频时，对方看不到她，她能看到对方。每当晚上有时间跟贵州都匀平浪的女儿、儿子、父母视频时，她需要弄一面小镜子放在手机的背面，这样，视频时对方才能看到她。

上图： 坐在一起的五个家庭，来自贵州都匀的五个农村，在这里，乡情、乡音、乡味让他们在同一条渔排上求生存。

年三十的晚上，男人们还在酒后说着越来越想家的话题，罗莎妈妈拿着自己的手机跟远在贵州大山里的父母、女儿、儿子视频。视频里，她看见女儿抱着弟弟在父母的床上翻滚，不说话。孩子们却看不到妈妈在做什么。

我把自己的手机视频打开给罗莎妈妈，孩子们终于能看到妈妈的面孔了。

视频里，儿子在地下跑来跑去，女儿追着弟弟跑，父母、弟弟、弟媳，一家人热热闹闹过年三十，外面响着鞭炮声。

她抱着手机，头低着，管不住眼泪。

我把寒冷的手放在她的肩上，找不到安慰的词。

组合家庭的王先贰从桌子旁走过来，眼睛红了。她低声告诉我，她（罗莎妈）

每天都打电话，每天都哭。今天都哭了好几回了。

罗莎妈关了手机视频，在外面抱着胳膊站了很久。

她的眼前是一望无际、淹没在海水里的渔排。

她的后面是年夜的丰盛的酒桌和酒桌上男人们的喝酒声。

她的心里一定是儿子的声音、女儿的声音、父母的声音、弟弟们过年的声音。她站在夜晚的渔排上，沉默凝视，不时有鞭炮声传来，而她站着，像海上的一座黑暗雕塑。

酒红挂在东北人张老板的脸上、眼睛里。

他看着门外的罗莎妈却向我走过来。

他说："老师，她又哭了！太想孩子了。她（罗莎妈）真不容易，是个有心的好女人。你们要来的前三天，她就把被子洗了，晒了，把房间打扫干净给你们准备了。女人有心，并且用心做事就是好女人。"

在昏暗的灯光下，张老板看不到我的惊鄂。

张老板问："你们是亲戚，还是朋友？"

我说："都不是。仅仅在贵州见到过她们留守在大山里的孩子和父母。"

"你们住几天？"张老板又关切地问。

我说："不知道时间。"

"你们要住在渔排上。"

这个信息是眼前面庞上泛着酒红的东北人张老板告诉我的。如果他不说，我还在心里担心晚上住宿的问题。从岸上到渔排的周折，让我知道出海后再回到岸边是太困难的事，即使能找船上岸，在晚上也没有车去下浒镇。来到渔排上，这里就是一座孤岛，你进不来，也出不去。如果没有同伴，一个人待在夜晚的渔排上，就待在了黑暗的世界里。

张老板还说："晚上的螃蟹都是她提前两天用网在海里网的，一直养着，等你们来。原来你们不认识，我还以为你们是亲戚呢！"

如果不是东北的张老板告诉我们，罗莎妈妈为我们准备一切的心情，我们一点都不知情。

张老板换了一种口气，有点神秘："她今天中午又跟老公吵架了，在你们来之前。也不知道是为什么。"

文章开头的吵架情景就是这个张老板告诉我的。

罗莎妈从昏暗的渔排上折回到木屋里。她又恢复到之前的忙碌，脸上的泪痕已经消失。

一个晚上我没有跟罗莎的爸爸说更多的话，只礼貌性地微笑、打招呼。这个瘦瘦的苗家汉子在酒精的作用下，脸膛红红，笑容红红。从我见到他开始，他的妻子罗莎妈没有跟他说过一句话。

冷战看来还在继续。

4

等男人们都放下酒杯，木屋里的女人们开始收拾洗碗。

罗莎妈把老兵安排在他们平时的房间，让我跟她去张老板的渔排上睡。

我问："罗莎爸睡哪里？"

她说："他有得睡，不用管他。"

我准备在宾馆住宿时穿的棉睡衣在拉杆箱里，全部的换洗衣服也在里面整齐地放着，我没有把它们取出来。

在海上的渔排上的木屋里，城里的衣服和睡衣都不适合在这样的环境里拿出来，并且穿在自己身上。我晚上必须冲凉才能躺在床上入睡的习惯在这个晚上也改变了。

罗莎妈往洗脚盆放了热水，硬逼我把寒冷的脚放在热水里泡了一下。然后让老兵也泡了脚。

厕所两边的大蓝桶装着从岸上运来的淡水，我害怕使用每一滴水。

身后的女人和男人们都没有洗脸、洗脚，他们各自进了自己的房间。

我跟着罗莎妈去了张老板的渔排，有恐高症的我走在上面浑身发抖。如果不小心滑下去，下面是深深的海底。

罗莎妈打着手电筒在我后面保驾护航，我在前面颤颤巍巍地迈动着婴儿学走路般的脚步，一步步往前磕磕碰碰地挪步。

我的高跟鞋已经换成防滑拖鞋，这是我唯一从拉杆箱里掏出的随身物品。

黑夜里走在晃悠的渔排上，考验着我的心理承受能力。

相距 50 米的渔排，终于惊险通过。我背后是滚热的汗水。

张老板的木屋里，人们都已经睡去。6 个小房间，两个是空的。我跟罗莎妈住一间。

从早晨5点到晚上12点，我终于可以躺下来休息了。双眼累，腿累，胳膊累，脚累，全身都累。

木板屋里，简陋的两张床，床上的被子是干净的、干爽的。

干净的被子证实了张老板的话：罗莎妈是个有心的女人。

我脱了外面的羽绒服，留下里面打底的毛衣和纯棉的打底裤，钻进被子里。

罗莎妈又给我盖了一床被子，说海上的气温白天和夜里相差很大，夜里很冷。

她也脱得只剩下打底的秋裤和秋衣，钻进被子里。

这个比我小10多岁的女人，应该是我照顾她。而在渔排上，我成了弱小的女人，被她处处照顾着。

她精瘦的身体没有多余的脂肪。她的头发染成金黄色，让她的脸显得白了，嘴唇显得红了。她没有擦润肤霜，没有擦口红。她的面容是清水洗过的本色肤质，脸颊上面有海上紫外线长期照射产生的暗红。

我不叫她陈业敏，只叫她罗莎妈。

太累了，也太困了。我没有问躺在旁边床上的这个女人为什么不回家跟孩子过年，也没有问她在这个渔排上打工几年了。大年初一和初二老板给她们破例放了两天假，这两天她们不需要干活。

那晚，2015年大年三十的夜里，我跟罗莎妈在张老板的渔排上睡了一觉。

外面渔排上的灯，星星点点地把昏暗的灯光洒在渔排上的空隙里，空隙下面是海水。海水在灯光的作用下泛着黑色的波纹，海水现在不是蓝的，也不是绿色的，它是黑色的。像油漆，一点点在渔排下面一圈又一圈地晃动着。

鞭炮声在我们的睡梦里慢慢淡去。

5

大年初一早晨醒来已经是 9 点多了。

这样的早晨对这些木屋里的男人和女人来说是一件多么幸福的事，睡到自然醒。

张老板不知什么时候醒来的，已经在渔排上抓到了一条大的金枪鱼。

他把鱼给了罗莎妈，因为罗莎妈有客人。

我们带着一条大的金枪鱼开始了一个新的早晨，开始了 2015 年的大年初一。

在晴朗的天气里，坐在木板房的门口，放眼远方的渔排，壮阔的海域是海洋生物的世界。

渔排上挂着风干的腊肠和腊肉，在海风的摇摆中，这些风干的肉食是一段段家乡的片段，是她们对家的最浓重的味道记忆。

年三十的腊肉、腊肠，就是罗莎妈在渔排上做的。也只有做成腊肉、腊肠，猪肉的味道才能长时间地保持着新鲜的原味。

每个月，木屋里的女人们要上岸四次，去下浒镇采购一周的肉、青菜、油、米、面粉、挂面。木屋里的六个人平均每人每月 500 元生活费。

煤气和用的电，包括住的房间、电视、被子、淡水、厨具都是老板负责。

渔排上的生活，是从人类的声音世界开始的。每个渔排都是乡音累积起来的群体，贵州的、东北的、云南的。每一种乡音就是一个家乡，是一个渔排，是一个没有血缘关系和亲情关系的组合家庭。

难得好天气，也难得大家有时间。

我把木屋里的男人、女人们都叫出来，给他们拍拍照片。

男人们都不愿意，又不想打击我的热情，磨磨蹭蹭出来。

女人们有点娇羞，又有点兴奋。对她们来说，除了结婚时的结婚照，再没有跟自己的男人一起拍过照片。

先拍了一个集体照。集体照里有三对夫妻，罗莎妈和罗莎爸、刘明海和妻子王先贰、罗光燕和丈夫孟秀明。还有 32 岁的赵树宽和 20 岁的曾以庭，一个把妻子、孩子留在贵州老家，让 1 岁多的儿子成为留守孩子，一个是从 8 岁开始被迫留守的年轻人。

太阳刚好从东海出来，这是距离太阳海平面最低的地方，阳光射线与海平面平行着。

照片里的集体，随意地站在射线上，阳光打在他们的脸上，温暖、祥和，又有气氛。

这样的情景对这个组合而成的新家庭是头一次，成员们这么默契地站成一排，站成一个集体；他们也是头一次这么悠闲地站在每天蹲着无数次捞起 80 斤的海参笼子的射线上。

集体照后，是每个家庭的合照。

第一组是这个组合家庭里年龄最大的夫妻，刘明海和妻子王先贰。刘明海52岁，王先贰47岁。已经是爷爷奶奶的他们，20多年没有在一起单独拍过照片。他俩在射线上，身体僵硬地分割出一个大的空隙，眼睛看向前方，很庄重、很严肃却不放松。

第二组是罗光燕和丈夫孟秀明，两个不到30岁的年轻夫妻，除了拍结婚照，竟然也再没有一起拍过照片。照片里是罗光燕年轻的脸，不施粉黛的脸。黑色的长发扎成一个马尾，粉红色的棉衣让整个射线有了暖暖的色彩。丈夫孟秀明年轻的脸上，铺满了被海上紫外线照射过的痕迹，短短的黑发里已经掺和着丝丝白发。他们站在一起时，笑容刚刚打开，便紧张地滑落。

左图：刘明海和妻子王先贰。

右图：罗光燕和丈夫孟秀明。

第三组是罗莎爸和罗莎妈，一对还在冷战的夫妻，没有语言交流地站成各自的姿势，向天仰望。结婚十多年后的第一次合照，如此别扭又如此尴尬。

赵树海和曾以庭在我拍家庭组合照时已经悄悄走开，回到木屋里。他们不想面对双双对对的镜头。

木屋太小，在大年初一的气氛里太沉重。它撑不开一段情感，也撑不起从遥远的山里的家到海里的距离。

在大年初一的渔排上，我通过拍照这种轻松的方式，正式和这个组合的大家庭认识，并一一记住了他们的名字。

也是在这一天，在拍照的过程中，我无意中发现，不管是年老的还是年轻

上图：罗莎爸和罗莎妈。

的男人和女人，他们手关节都变得如此肿大，红肿着伸展不开。

我问他们为什么会成为这样？

孟秀明说：“这是因为长时间在海水里浸泡，被海水腐蚀的。”

为了证明孟秀明的话，我先让孟秀明的妻子罗光燕把她的手伸过来，她是这个组合家庭里最年轻的女人，不到30岁。罗光燕的手就是小巧姣好的手，而这双手在我面前展示时，红色的手关节特别的突出，比下地干农活的女人的手更粗大。是这双纤细的手从海水里提起80斤的海参笼子，提起、放下、摇摆，连续数次，清洗冲刷海参笼子里的泥沙。一天450笼，需要用完浑身的力气。我再展开我的手，柔软的，没有干活的痕迹，光滑而细腻。然后，我再一一翻看着罗莎妈妈的手、王先贰的手、罗莎爸爸的手、刘明海的手、赵树海和曾以庭的手。我翻看的每双手都是惊心动魄的画展，手纹里的血管暴露，关节肿大变形，皮肤粗糙，甚至他们想伸展双手的时候，手指都是弯曲的。长时间的海上作业，已经让骨关节弯曲成抓举的动作。

这是2015年中国人羊年的大年初一，仅仅这一天，这些从大山里到大海里远离孩子的父母，他们可以不用干活。

我在早晨东海的太阳升起的阳光里，拍下了这一双双在海水里从事作业而被海水腐蚀后红肿的手，并记录下他们不能回家的沉重故事。

上图：作者和留守孩子母亲在下浒渔排。

我的苦穿透了脊背

1

1 岁多的儿子坐在木屋门口的木头围栏里，两只手用绳子捆着被拴在旁边的木头隔板上。他使劲地重复着站起来又坐下去的动作，手上的绳子固定着他的位置，他不能有大动作的活动。当孩子动不了的时候，就张嘴大哭。这时，陈业敏和罗绍友在前面的渔排上干活，听到儿子的哭喊，他们时不时地会拿眼角的余光向儿子的方向瞅着，如果不是很要紧的事，只要儿子安全待在给他划定的位置里，就没有事，他们就继续干活。这个捆绑的方法持续了一个月后，孩子的小胳膊由于被绳子捆绑时间太久，有了深深的印痕。他们想尽办法，最后扩大了周围的木头帷帐的面积，加高了尺寸，这样就像一间小小的露天游乐室。再把小被子、小童车放在里面，让孩子自己玩。露天的游乐室空间比之前大了很多，孩子也能有独立站起来走路的地方。如此一来，罗绍友和陈业敏可以专心一些干活。这个时间段是 2014 年的 5 月。

渔排是老板承包的，他需要的是干活的人，不是拖家带口消极怠工的工人。

陈业敏是跟丈夫罗绍友吵架后从这个渔排离开的，她打算这一走就不会再回来跟罗绍友一起生活。她带着几个月大的儿子返回平浪，在平浪父母的家里，她的耳朵天天被灌输着母亲重复的唠叨。当初不听父母的话，害了自己一生，也害了女儿、儿子的将来。母亲数落着、唠叨着，却不让陈业敏做任何家务。她太心疼女儿了，女儿从结婚到现在就没有过一天稳定的好日子。在娘家，她要让在外面辛苦劳作的女儿休息几天。陈业敏待在母亲的家里可以好好陪陪自己的女儿罗莎，给孩子一些温暖。就这样安静地待着，什么事也不做，钱也没有，孩子以后怎么生活？她把几个月大的儿子放在父母家里又出门再去找工作了。这次，她去了浙江东阳纺织厂打工。三个月，除了吃住以外，她仅仅拿到了来去的路费钱。在陈业敏找工作的半年时间里，罗绍友也在外找工作。罗绍友也去过浙江，却没有找到妻子。最后，还是陈业敏妥协，给罗绍友打了电话。罗绍友刚好在宁德，流浪半年后想分手的陈业敏面对残酷的生活再一次低下了头。

他们各自找了半年的工作，花光了所有积蓄后，陈业敏带着儿子又回到了宁德市的罗源湾，在罗源湾的渔排上继续帮老板养殖鲍鱼。走了再回来，他们没有办法。

走了一圈，他们终于明白，对于没有文化、没有文凭、没有技术的他们，找个能养家的工作太难了。

罗绍友 40 岁，陈业敏 35 岁。他们只有待在渔排上，也只有海上渔排养殖这种又苦又累又脏的体力活适合他们。因为渔排上不需要有文凭、有学历、有经验，只要你能吃苦耐劳，有好的体力就能有一口饭吃。女儿留在平浪的父母身边，年幼的儿子必须带在自己身边。雇不起保姆，他们就只能找一个能带孩子还能工作的活干。鲍鱼一年四季都可以养，只要缺人，来海上，随时能找到工作。另外，在渔排上干活，住的小木屋是免费的，所以很多人愿意来渔排上打工。

右图：陈业敏和罗绍友1岁多的儿子坐在木屋门口的木头围栏里。

陈业敏回来的日子，罗绍友并没有感受到分离半年后夫妻团聚的幸福。因为太辛苦了，钱又少，离开海上渔排，却因没有找到工作再次回到海上干活，而且带着儿子，让儿子也跟着受苦。陈业敏没有少抱怨丈夫。结婚十多年，没日没夜的辛苦、劳累、奔波，到头来，还在外面风餐露宿，陈业敏觉得太委屈了。只要心情不好，压力大，她就把这种负面的情绪用吵架甩给丈夫罗绍友。苗家汉子罗绍友从不跟陈业敏吵，也从不反驳。她要骂就骂，要打就打，生活已经这样，他无力改变，只能拼了命往前走。

陈业敏的抱怨不仅仅是工作难找，她觉得跟上罗绍友总是败家败金。女儿2岁多时就在外婆家，那时陈业敏和罗绍友在都匀市的老街开快餐店，生意还不错。陈业敏做厨师炒菜，丈夫送外卖。刚开始几个月生意还好，正当陈业敏觉得好日子就要到来时，后面的几个月里，每个月都出事。首先新买的送外卖的自行车放在店门口丢了，第二个月罗绍友的脚指头被老鼠咬了，第三个月，罗绍友端饭时，菜汤把顾客的胳膊烫伤了。连续三个月，月月出事，月月的事都是罗绍友引起的。所以陈业敏觉得，跟上这样的丈夫，能吃苦有什么用，照样穷，想翻身没门。对罗绍友发火出气在每天单调的生活里频频上演，发火的背后，是一个女人从青春年少喜悦的梦里成长到对爱情对婚姻的彻底失望，无奈又无助。

1998年至2002年，罗莎出生前在都匀打工赚的钱加上贷款，他们在桃花村盖的两层楼房子，到现在家里的房子还是空着的，因为没钱装修，房子空了10年。

2

罗绍友把塑料桶里的米酒倒在桌上每个男人的瓷碗里，淡红色的米酒溢满了瓷碗，从碗边慢慢往外淌。

刚刚罗绍友才被妻子埋怨，让他把炉灶从桌子上拿下去，罗绍友笨手笨脚的样子遭到了妻子的白眼。

难得有一天放假的时间，不用干活，可以喝一点酒过个喜庆的年。罗绍友没有把妻子的白眼当回事，脸上露出了一丝难得的笑容。

2015 年，年三十的聚餐和大年初一早晨的拍照过程，让一切陌生的成分都淡化了。对于贵州的布依族和苗族来说，能在饭桌上一起吃饭的都是亲人。我和老兵自然也成为这个陌生群体的亲人，成了这个组合家庭的新成员。饭桌上是过年团聚最温暖的场所，一举杯、一举筷、一投足都能释放出亲近感。

木屋里的小电视信号时而中断时而清晰，羊年的春节晚会又在重播。

为了安全，本来渔排上是不准喝酒的，都是木头和竹子搭建的木屋和渔排，稍有不慎就会起火。因为是过年，老板特意容许大家喝一些米酒助兴。

“罗莎像你。”

我举着筷子把一块风干的腊肉放进我的碗里。罗绍友呵呵笑了一下，抿了一小口米酒在嘴边。

“你不喜欢说话？”

沉默了片刻，罗绍友叹了口气说：“我的苦都在背上，太深，太苦。”

“说说你的苦？”

“不说了，太多了。”

是米酒的作用让这个苗家汉子开口说话。

“我去年在平浪时见到了你女儿罗莎，还有罗莎的外公外婆、新舅妈、表弟。你女儿在家里挺好的。”

“我问罗莎，如果有一种选择让妈妈回来陪她行不行？罗莎回答我说不行。我问，让妈妈陪她不出去打工不好吗？罗莎说，如果妈妈回来陪她，家里建房子的贷款就还不上。”

陈业敏从我旁边抹着眼泪走开了。

罗绍友抽搐了一下嘴巴，想张嘴又闭上了。

“有多久没有见到女儿了？”

罗绍友把头扬起来想了想说：“很久很久了。”

“女儿在你的印象里是个什么样子，能记住她最深的记忆是什么？”

“我记得母亲去世时，罗莎才2岁多。她不知道奶奶已经走了，趴在奶奶身边拉着奶奶的手说：‘奶奶你起床呀，奶奶你起床呀。’女儿拉不动奶奶的手让奶奶起床，她哭得很伤心。让我们在现场的所有人都哭得止不住。”

“这个画面一直刻在我的记忆里，想起来就难过。从那时到现在，真的没有见过女儿几次。”

罗绍友的声音哽咽了，眼泪从微红的脸上滚下来。

“我是真的愧对我的女儿，真的。”

“有女儿的照片吗？”

罗绍友翻动着手机，在手机里寻找着。他找到了一张去年 7 月份去福州送 2 岁的儿子回平浪的照片。照片里的季节是酷暑，2 岁的儿子穿着小背心和小短裤趴在罗绍友的肩头，罗绍友蹲着，眼睛向前方寻找着什么，表情很失落很苍茫，他转过去的瘦弱的肩在正午的阳光下慢慢地滑落在短短的影子里。

照片在手机里，罗绍友翻动着，并且把这张照片定格下来，长久地凝视着，泪水弥漫了他喝了米酒后发红的眼睛。

陈业敏在木屋门口用我的手机跟女儿和儿子视频。去年因为家里有事，她回家三次。先是去年 7 月送儿子给外婆，8 月家里有事，10 月家里有事。三次回家，花光了她跟丈夫在宁德养鲍鱼三个月的收入。

我问罗绍友 :“过年了，你不跟女儿、儿子说句话？”

“不说了，说也不知道说什么。”

罗绍友重新坐下来，端起酒杯，跟组合家庭的所有男人说 :“来，喝。”

瓷碗里的米酒顺着罗绍友的脖子进到胃里，那种豪气的样子，是苗家汉子最男人的时刻，也是最悲苦的时刻。他把一切苦的累的沉重的不幸生活一口喝了进去，苦从他的胃里到心脏再到脊背。

3

说是老板给了两天假，其实初二的下午，他们就开始准备初三要喂海参的食料了。

天下着雨，男人女人们都穿上了雨衣。

右图：罗莎的爸爸、妈妈跟儿子、女儿视频。

老板先配好配方，男人们分头干活。把泡在海水里的海带捞上来，分别装在 20 多个竹筐里面。

罗绍友个不是很高，他要用很长的铁叉，铁叉长过他的身高。把海带从海里捞出来，再装进竹筐里。他脚底下是竹排，隔空的竹排因海水的浮力摇摇摆摆。

如果用铁叉时站不稳会打滑掉进海里。

罗绍友呲着牙咧着嘴，使用着最大的力气完成着从海里把海带捞起来的工作。海带泡发后很柔软很长，庞大地缠绕在一起，分开它们很吃力很费力。

我站在渔排上不干活，海水的浮力卷起的浪花，一浪又一浪地翻摆着，让我摇摇晃晃。

我真担心，如果罗绍友用力过猛随时会掉进海里。

女人们蹲在渔排上，一个一个把装海带的竹筐清洗干净。

下午的活仅仅是第二天早上的准备工作。

海带头一天捞上来装在竹筐里是为了把海带里的海水控干，这样搅拌机搅拌时就不会有太多的海水在里面，搅拌在里面的发面粉、鱼粉等饲料配方就不会顺水流失，这样可以保证笼子里的海参能吃到有营养的食料。

他们干活时，除了渔排剧烈地晃动，挂在旁边渔排上的腊肉也在海水浮力的作用下，随风摆动。腊肉的颜色微黄，肉已经没有水分，没有熏制，仅仅挂在渔排上面，接受海风的风吹雨打，阳光照晒。

这是开过餐馆的陈业敏的手艺。在这个组合家庭里，因为陈业敏，在简陋的原始的渔排上，她能把最简单的饭菜做成美味，带有家乡味道的美食。

4

大年初三的早晨 5 点钟，张老板渔排上的搅拌机就开始轰隆隆作响了，张老板的雇工是一对年纪大的云南夫妻。因为年纪大，跟年轻人没有办法比体力，他们每天必须很早开工，把准备工作做好，天一亮，别的渔排还在搅拌，他们已经喂海参了。他们喂海参专门使用一种踩在海里的梯子，这个梯子可以保证他们站在里面有足够的力气提海参笼子，但是动作很慢，做完一排六个就得再拿起来重新放置一个固定的位置。年轻人绝不会用它，太笨重太麻烦，无法轻装上阵。如果没有这个梯子，这对夫妻干不下来这种活。慢雀早飞，在他们身上得到了印证。

张老板也跟着起来搅拌配料。

陈业敏在搅拌机轰隆隆的响声里也起床，回她们的渔排准备早饭。她让我多睡一会。这样的轰隆声炸开了我的头顶，我不得不起床先参观他们在微弱的灯光下的作业。

7 点钟，罗绍友他们的搅拌机才开始运转。老板时时刻刻跟着，监督着，监督配料的比例，监督海带搅拌的长短。每天老板都跟着，从不间断。

20 多筐海参食料完成后，东海的太阳跳过了海平面，很圆很红，在下雨的早晨还没有强烈的温度。仅仅一抹红色的光线在渔排上平射而过，光线被踩在我们的脚底下，下面是雨水。

我拿着手机和照相机，在他们背后或者前面拍照。他们穿着雨衣各自挑起竹筐，两个竹筐 150 斤的担子，他们挑着送到各自的劳动点。

8点钟后，偌大的渔排上就开始点缀着所有的劳动力了。罗绍友他们的老板姓郑，郑老板的渔排上有6个人，张老板的小渔排是2个人，上面东北人的渔排有12个人。所有渔排上的工作都一样，仅仅配料不同，每个老板有每个老板的配方，很私密，不跟工人们说，工人也从不问。

喂海参的活都是体力活、苦力活，这些苦力活一般人是不会做的，只有缺钱的人、找不到工作的人才愿意干。

在海上工作一般都是弓着腰的，腰不好，也做不了。你要无数次地半弓半蹲，把水下养海参的笼子提起来，先摇摆清洗笼子里的淤泥。没有手劲和背力，你拉上几笼就没有劲了。洗干净后，再打开笼子里的扣，一点点将搅拌好的料放进每个空格里的海参里，再把笼子放进海里。每个笼子放在水下时就有30斤，有水提起时就加重到80斤。

罗绍友和陈业敏，一天每人要喂400多笼海参。一天要重复同一个动作1000多次。

陈业敏在海上四年，已经落下了腰间盘突出。她不敢太用力，怕万一腰有什么大的问题，连干活的能力都没有了。

老兵看见陈业敏干活如此辛苦，也学着她的样子帮忙。

郑老板站在老兵的跟前，眼睛盯着老兵干活。当过兵的，体能没有问题。

我试着提了一笼，连续几次用力，才提到一半，就半途而废，还累得直喘气。

这个活，要了我的命，我也没有能力干。

不能干不是一件值得骄傲的事情，我感觉到很绝望。如果我没有现在的工

左图：罗莎妈妈学习驾驶开船。

中图、右图：罗莎爸爸、妈妈在下浒渔排喂海参。

作，也像陈业敏她们一样，下海干活，我甚至不如她。如果用体力劳动养活自己，我也许还没她现在的日子过得好。这样参照着对比后，我的身体在雨水里发抖。人生就是一条船，船停在哪里，哪里就是自己的人生。我眼前的他们，星星点点在雨里的渔排上作业，他们没有空想自己的人生，在干活的时候没有时间想大山里的孩子。

半个小时后，陈业敏和罗绍友雨衣上沾满了海参笼里碰溅的淤泥，腥臭的味道遍布全身。她们的头发在雨里湿着，戴在手上的塑胶手套，里面早灌满了海水。她们红肿变得粗大的手关节，就是这样一天天地在海水里浸泡出来的。

雨水打湿了搭建渔排的木板，走在上面很滑。我的一双病眼在雨雾里模糊不清，我双眼聚焦的功能很低，只能眯着眼，或者用眼里的微光看手机里和照相机镜头里的人影。我更担心的是怕自己掉进海里，帮不了什么，还给他们带来好多麻烦。

5

从古至今，家园一直是中国人最早对家乡对亲人的情感寄托。而回家之路，每个人都有着不一样的体验。

贺知章的《回乡偶书》："少小离家老大回，乡音无改鬓毛衰。儿童相见不相识，笑问客从何处来。"诗人的家是：小时候就离开家园，直到两鬓苍苍、垂暮之年才回家的惆怅和伤怀。

王维："君自故乡来，应知故乡事。来日绮窗前，寒梅著花未。"听到同乡

左图（上）：留守孩子父母在福建省霞浦县下浒镇大湾码头渔排上干活。

左图（下）：喂海参的食料和食料的制作过程。

的声音就眷念家乡的那种极深的情感。

台湾诗人余光中在《乡愁》中的家是思念家国的最深的乡愁："小时候，乡愁是一枚小小的邮票，我在这头，母亲在那头。长大后，乡愁是一张窄窄的船票，我在这头，新娘在那头……而现在，乡愁是一湾浅浅的海峡，我在这头，大陆在那头。"

在福建霞浦下浒镇大湾码头，从贵州大山里来到这里的留守孩子的父母，他们的家是什么呢？是隔着最远的山、隔着最远的海的思念。

在面对由大山之路段拼接成无数距离的海面，从贵州黔南的山区农村到福建霞浦下浒大湾码头的渔排，山海阻隔，怯步难回家。

从我们来的路线算起，坐高铁 6 个半小时，从霞浦火车站到达下浒镇坐出租车 2 小时。从下浒镇到大湾码头打的 30 分钟，从大湾码头到渔排养殖点先走路 20 多分钟，再搭渔船 30 分钟。这些路段里不包括在每个站点等车的空档时间。

我们早晨 5 点起床从深圳罗湖的家赶地铁，坐高铁，打的，到达目的地，总共用了 12 个多小时。这期间为了赶路，高价打出租车的里程是 100 多公里山路。

打工的他们是不会打出租车的，因为价高，不打出租车，他们回家的路上就延长了时间。

我们看看罗莎爸妈回家的路线：

从下浒大湾码头渔排找游艇到大湾码头，从大湾码头坐公交或者打摩的到下浒镇码头，再从下浒镇码头坐船到宁德，在宁德住一晚旅社，第二天早上9点半再坐大巴到贵阳。到了贵阳，坐4个小时左右大巴到都匀，再从都匀坐小中巴车到平浪。40多个小时的回家路，需要换乘这么多次车。

从宁德到贵阳的大巴平时的票价是450元，过年要800多元，不管在哪里下车都是这个价格。在凯里市有下午6点多的车，1—3个小时能到家。买火车单程票，不坐卧铺，车票、住宿费就要500多元，这不包括路途上往返6天吃饭的费用。在过节过年期间，车票涨价，每个人往返需要花3000多元。

3000多元是他们一个月的工资，不吃不喝，攒下来。这么远的家怎么回？过年时候都是车挤人挤的时间，回家的路更难。这仅仅是回一趟家。

回到家里，走亲戚、婚丧送礼，等等，辛苦攒下的钱就像流水一样去而无回。

回家一次，他们就成了穷光蛋。

陈业敏年前已经回家三次了，过年没有时间，老板也不给假，也回不起家。

海参出笼后，他们下一站的打工点在哪里，还不知道。

距离还完贷款、装修房子的时间越来越遥远。

只要想起来这些遥远的未来、遥遥无期的日子的时候，陈业敏就会马上找个理由跟罗绍友吵一次。吵完后，压抑的心情才会得到一点解脱。上次陈业敏回平浪，去医院检查病，她除了腰间盘突出，还有严重的子宫肌瘤。她才35岁，还没有时间陪伴她的孩子，新盖的房子已经变成旧房子，而他们一家还没有在自己的家里好好地过上一段幸福的日子。

有病她都不能停下来去治疗。她和丈夫必须两个人坚持干活，属于他们一日三餐的日子才能正常维持下来。中途，只要一个人停下，他们全部的计划将付诸东流。

这一路走来的十多年的日子，不是陈业敏想要的。她心中的好日子是跟女儿、儿子在自己家的楼房里，她能每天将美味的饭菜端到桌上，让孩子们享受。她希望睡在自己家的房子里，哪怕只有一张简单的床。已建起十年的空房子里一无所有，没有人气，也没有她希望的简单生活的全部东西。

期末考试，女儿罗莎的学习成绩倒数第二。小学一年级时，女儿学习还不错，刚刚三年级，成绩下降这么大，她的担忧更多了。女儿、儿子都在父母家里，爸爸还有病。结婚十多年，她没有为渐渐年老的父母尽一点孝心，却给有病的父母增添了无尽的负担。一想起这些，陈业敏就哭，就想跟丈夫吵架。

她们的生活前景将是个什么样子，她不敢想眼前需要面对的问题，太苦太累太辛酸。

在渔排上的几天，罗绍友跟赵树海挤在一间小房间里，老兵被陈业敏安排在他们的房间，我跟陈业敏睡在张老板空出来的小房间里。在晚上睡觉的时间里，我很少跟陈业敏交流，她白天做的所有的事情都在我的眼前。

临走时陈业敏做好早餐让我们吃，他们已经下到渔排干活了。

郑老板要回宁德办事，把自己的外甥叫过来看管，他刚好跟我们同行。有郑老板在，他让外甥开出船，送我们上岸。

雨还在下。

我跟老兵走出木屋后，站在渔排跟所有干活的人们招手再见。

在2015年的霞浦下浒大湾码头，我跟老兵经历了一次新的人生。

就在我们上到船上时，陈业敏和罗绍友不分前后从干活的位置跑来，跟我们告别。他们手上的塑胶手套还没有来得及摘掉，就把戴手套的手伸向渔船。渔排和渔船隔着一道海水，他们伸出的手和我们的手只能搁浅在被海水阻挡的中间。

我看着这两个从大山里来的夫妻，他们就像我的亲人，在我冰冷的生命里的亲人。他们眼睛里滚出的液体跟脸上的雨水混合在一起，那一刻，我泪如雨下，像正在下着的渔排上的雨。我分不清我是来采访的，还是正在跟他们一样，经历着一种艰难的人生。

我站在渔船上对罗绍友说："以后罗莎妈妈跟你吵架，你一定要跟她吵，这样她就有了吵架的伙伴。"

船开了，我对陈业敏喊："一定要好好生活，好好陪伴你们的孩子，好好爱罗莎的爸爸。"

两只戴塑胶手套的手在雨里高举着，他们满身的温度传递到我冰凉的手上。

船开远了，身后的渔排远了，渔排上晾晒的腊肉远了，跟这个组合家庭生活在一起的时间远了。

我们身后是水墨一样的岸和滩涂，水墨一样的人生在身后的渔排上。

在宁德市中心的宾馆里，我依然感觉像在海上一样有海浪摇摆，晃晃悠悠。眼眶湿润，心怀想念。人刚刚到宁德，罗莎妈妈就打过来电话，问我们吃饭了没有，淋雨了没有。

她刚刚下工，还没有来得及做饭。她内心的不舍，我听到了，感觉到了。

在有空调的宾馆里，是身外的温度，心内的温度是由手机信号传递过来的，是从下浒渔排上传来的问候。

从8岁留守到20岁

曾以庭也许是大湾码头或者其他的渔排上从事海上养殖年龄最小的。在全是父母辈的群体里，他是一个从 8 岁开始被迫留守到 20 岁的年轻人。

在大湾码头渔排上，他是渔排上的太阳，年轻的、蓬勃的、热烈的、无拘无束的、动感的太阳。

第一天从大湾码头的渔船上把我的行李扛在肩上，眨眼间工夫消失掉的小伙子就是曾以庭。

他要比罗绍友他们晚出工一个小时去他的固定点喂海参。同样喂 450 笼海参，收工时，他又会比他们提前一个小时回到木屋。

1.8 米个头的他在这个冬天的大湾码头渔排上，不仅消费着他年轻的资本，也消费着让 30 岁以上的男人们羡慕的眼光。

郑老板站在曾以庭面前，不是监督小伙子干活，而是在太阳面前，拾回他曾经年轻的过去。

同样从海里提起海参笼子的动作，别人用尽了力气慢慢地费劲地往上拉，曾以庭干净利落地把笼子一甩就从海里举起，同时把笼子里渗透的淤泥一带而过。啪啪啪啪四下，打开笼子扣，放进海参料，再啪啪啪啪四下关上笼扣，把笼子推进海里。

1.8米个头的曾以庭在这个冬天的大湾码头渔排上，不仅消费着他年轻的资本，也消费着让30岁以上的男人们羡慕的眼光。

这么沉重的苦力，在曾以庭面前，就是一个举重运动员漂亮的抓举。

他提起笼子挥甩的快速时间里，黄绿色的长头发在雨中甩起沉落。他无数次地下蹲，再举起，再挥甩，丝毫没有吃力的感觉。

雨点落在他年轻的脸上，也覆盖着他被留守的故事。

曾以庭是贵阳花溪人，他有一个哥哥和一个弟弟，哥哥大他 7 岁，弟弟小他 2 岁。很小兄弟三人就被父母留在家里，由大 7 岁的哥哥照看着两个弟弟。年长的哥哥代替父母，为两个弟弟承担着父母的义务和责任。哥哥边上学边照顾弟弟，没有等到全家的团聚，等来的却是父母的离异。曾以庭记忆里的留守时间全部停留在 8 岁，那时候妈妈跟爸爸离婚，妈妈要离开他们，他们兄弟三人跪在门口哭喊着请求妈妈留下来，但是妈妈头都没回就走了。这一幅画面一直在曾以庭的脑海里不停地闪现，这是他对妈妈的所有记忆。这个记忆一直在他 8 岁到 20 岁的人生里，每天像电影一样重复地回放。

父母离婚以后，哥哥还没初中毕业就辍学外出打工了，他和弟弟在奶奶、姑妈、叔叔家开始了寄宿生活。

在叔叔家的日子，曾以庭总拿堂哥跟自己比较。同样的一件事，叔叔让曾以庭去做，不会使唤堂哥。堂哥比曾以庭大，堂哥应该自己去做的事，全部让曾以庭做了。有次冬天去捡柴火，叔叔就没有让堂哥去，让曾以庭一个小孩独自去。曾以庭在外面的山上想到叔叔对自己和堂哥如此区别对待，伤心地哭了。那时，他真不想回到叔叔家，不想见到叔叔和堂哥。过了一年寄人篱下的生活，小小的曾以庭说什么也不愿意再待在叔叔家。

此后，10 岁的弟弟和 12 岁的曾以庭被父亲托付给都匀的一个朋友。在没有血缘关系的叔叔家，曾以庭和弟弟享受到了不是父母却胜似父母的叔叔给予的爱。曾以庭只要想起这个叔叔，他都会流泪。他说，这个世界上的亲情和血缘关系，有时抵不上一个陌生人的关怀。他希望自己以后有能力的时候能好好报答都匀的叔叔一家，是他们在曾以庭和弟弟最需要温暖和爱的时候，无私地给予了一切。

8 岁到 15 岁的漂泊生活，让曾以庭内心叛逆，连续辍学，尽管他的成绩可以排在全年级前 20 名，最后也像他的哥哥一样初中没有毕业就到贵阳打工。

他去贵阳打的第一份工是学理发。他因聪明好学而被老板派去参加了在贵阳为期 29 天的全军事化管理的理发、美发培训班。培训回来后曾以庭从店员变成理发师。16 岁的理发师，有不错的工资，有很规律和稳定的生活。这是他从出生到 16 岁以来，第一次靠自己的能力为自己挣到的一份收入。

两年稳定的工作，曾以庭的工资除去平时的花费、闲暇时间的消费，以及跟朋友聚餐等，剩下的钱刚刚够自己用，存不到什么钱。理发是一个偏服务的技术类型工作，有时候会碰到一些刁难的客人，这让他感到很烦恼。他还没有学会好好地跟一个刁蛮的顾客慢慢沟通，从小没有父母教他，他生活中的一切都靠自己学习。他成长的时间里，没有父母的影子，没有父母的管教，没有父母给他和哥哥、弟弟一个安全的家、幸福的家。

两年前，父亲在下浒镇渔排打工，让曾以庭也来。曾以庭来后觉得，冬天来渔排喂海参，赚四个月钱后，再到贵阳的理发店做理发师。这样，他可以烦的时候来渔排，赚了钱再到城市。18 岁，曾以庭就在冬天的大湾码头跟成年人一起喂海参，这个帅帅的小伙子在大湾码头是一道风景，年轻的风景，阳刚的风景。

渔排上的工资有 4000 多元，住是免费的，吃每月 500 元。每月老板只支付 1000 元的工资，剩下的钱等到 4 个月后海参出售了，一次性付完。渔排是一个孤岛，没有地方消费，也没有地方去娱乐，多的钱在老板口袋里，帮他们保管着。

这样，曾以庭在渔排上的 4 个月能赚 2 万元。他把冬天打工喂海参的钱都存起来，只花夏天在理发店赚的钱。在大城市里，消费是不由自主的。他太年轻，还管不住自己不乱花钱。

就像海鸥寻找自己的栖息地一样，每年 10 月，曾以庭都会到霞浦的大湾码头渔排上来打工，第二年的 2 月底就回理发店。

我问曾以庭："干渔排上的活辛苦吗？"

他说："这里还行，都是身体上的劳累。只要把自己的活做完就可以睡觉了，什么都不用管，就当休假了。在渔排上打工的，都是做父母的，孩子放在家里，对自己就跟对待他们的孩子一样好。在理发店里虽然轻松，但是心里很累。"

曾以庭也想过开家自己的理发店，但是开店的风险很大，街上理发店的存活率只有 10% 左右，往往都撑不过头 3 个月就倒闭了。他不想让自己辛辛苦苦赚出来的钱去打水漂。

长大后的曾以庭安静地想事情的时候，也挺后悔没去读书，那时校长都找到他不让他退学，但是在叛逆期的他哪里听得进去。

外出打工的五年里，曾以庭明白了一个朴素的真理，人必须要有一技之长，不然在社会上只靠卖苦力很难生存。

我问他什么时候结婚，他说要到30岁左右。很多以前的同学现在都有小孩了，他说他不能接受，这就好像一个小孩带了另一个小小孩。

他说，如果以后他结婚了，他不会让他的孩子像他一样再经历这样的人生。他要在结婚前赚很多钱，有了孩子，他要陪着孩子。他绝不会让他的孩子生活在留守的阴影里。

羊年，赵树宽的眼泪

赵树宽在大年初一晚上的酒桌上哭了，哭得很伤心。眼泪在他古铜色的脸上下落时，晶莹剔透。

这个干活时没有言语、坐在饭桌上不吭声的男人，突然间的哭泣，让我们措手不及。赵树宽哭，是因为罗绍友讲他自己的苦时，那种语言上的苦穿透了赵树宽的内心。赵树宽觉得，比起罗绍友的苦，他要比罗绍友更苦。在大湾码头所有的打工群体里，没有人比他更苦。

当闲下来的组合家庭各说各自的心酸家史时，他端起酒杯在那里抹眼泪。

年前妻子打电话让赵树宽不要回家了，她跟儿子回娘家过年。这样能省下儿子一个月的奶粉钱。赵树宽很久没有见到儿子了，本来打算请假回家的，妻子的电话让他打消了回家的念头。可是大年初一，妻子打电话又埋怨赵树宽不回家，自己带儿子，一个男人什么忙也帮不上。

大年初一的吵架在电话中进行，赵树宽无法辩解年前说好的事情怎么突然间就翻脸了。委屈、被冤枉、煎熬等这些日子里积累的苦累一股脑儿地泼了出来。

在渔排上，赵树宽已经干了八年多。除了盖新房子、结婚、生孩子的时间，赵树宽成了地地道道的渔民。他的脸和手上的皮肤根本找不到黄种人应该有的肤色，海上的风和紫外线把赵树宽完全晒成了非洲人，只有他说话时露出的牙齿是白色的。

下浒的渔民们都搬迁到镇上的新楼房，干苦力活的都是贵州、安徽、云南等山区的留守孩子的父母。

白天吵架的事让赵树宽心烦了一天，他躲在小房间睡了一天，也不愿跟人交流。晚上，在米酒的作用下，赵树宽把他人生的苦从头倒了一遍。

1982 年出生在都匀墨冲的赵树宽，母亲在他 4 岁时便离开了这个世界，他的童年是没有童年的童年，是缺少了世界上最伟大的母爱的童年。

父亲先天性弱智，智商仅仅相当于两三岁的孩子，吩咐的事情，只能完成最简单的。

因母亲去世，父亲带着弱小的他生活不能自理，很小的时候，赵树宽和父亲就被大伯收养。

没有童年的赵树宽，是大人世界的成年人，是伯父家的壮劳力，家里最苦最累最脏的农活都是赵树宽干。被收养的寄宿生活和繁重的体力劳动让赵树宽变成一个沉默的人，一个不愿跟任何人打交道的人。赵树宽的世界，是白天的累活和晚上的睡眠组合在一起的两个天。他愿意沉睡在晚上的夜里，永远都不要醒来。伯父收养了父亲和自己，也将他和父亲名下的所有田地和破烂房子全部归为已有。从此，他跟父亲无房无地，没有属于他们的一切。

身无片瓦的赵树宽连初中都没有上完，15 岁时离开家乡墨冲。他走的时候，回头看看空空的、没有父亲和他名字的一无所有的家，他发誓，一定要赚钱回来盖一栋有自己名字的砖房。

在都匀，15 岁的赵树宽跟了一个师傅学做米豆腐、甜糍粑，炒花生。他在很短的时间学会了师傅教他的手艺，然后在都匀老街开了一个临时摊点，卖米豆腐、甜糍粑，炒花生。他炒花生的技术很高，能在炒锅里一次性炒 50 斤花生，并且直接就把花生皮在炒锅里去掉皮。许多人买炒花生就是为了看赵树宽表演炒的技术。

两年，赵树宽从白天忙到晚上，他舍不得吃自己做的米豆腐、甜糍粑，炒花生，每天只吃两包泡面。

两年，赵树宽在都匀赚了 2 万元。这是他见到的最多的钱，这些钱在他的手上一次次被汗水浸透，被他的手指浸透。他无数遍地数着由 100 元、50 元、20 元、10 元、5 元、1 元、5 毛、1 毛积攒出来的钱，像个孩子似地抱在胸前嚎啕不止。

17 岁的赵树宽怀揣着 2 万元回到墨冲，买了一块起屋的地。他要从伯父家独立出来，建一栋只属于父亲和他的家。

2000 年，18 岁的赵树宽来到广州，在陌生的人群里，他被挤进一家公司应聘点，顺利地被公司招聘为印刷员。半年时间，除去吃住，他赚回来的工资与盖新房子所需要的钱差距太大。他辞了工作，又找了一份鞋厂的活。鞋厂虽然按计件算工资，一个月也不到 3000 元。一年后，赵树宽来到了福建宁德的罗源湾，在渔排上开始了他的苦力生活。

冬天喂海参，春天晒海带，夏天、秋天喂鲍鱼。

一年 365 天，他都在罗源湾的海上渔排上。

上图：赵树宽干活时只专注于他手里的活，没有表情，也没有青春。

四年，赵树宽背着1400多天的工钱回到墨冲，修建了属于父亲和他的新楼房。他结了婚，有了孩子。他又辗转到下浒镇的大湾码头，在这里跟这些新的同乡组合成一个渔排上的大家庭。

1岁多的儿子理所当然地成了留守孩子。

而他也理所当然地继续过着在渔排上的劳苦日子。

还不到33岁的赵树宽，已经把人生从60岁往后数了。长期在海上从事养殖作业，需要每天弓着腰长时间干活。八年里，赵树宽年轻的背已经弯曲着站不直。

赵树宽每天的工作量跟曾以庭、罗绍友一样，喂450笼海参。八年前，赵树宽也像曾以庭那样干活，不费力气。一生中最年轻的八年，他把自己奉献给了渔排，却再也找不回当年的力气。

曾以庭在赵树宽旁边的渔排上干活，赵树宽只用眼角的余光去羡慕这个有力气的小伙子是怎样挥洒有活力的青春的。这一切，都成了赵树宽的过去，成为往事。

仅仅八年，一切都从头开始。而赵树宽已经不是从前的赵树宽。童年里背负的苦难仍然在成年后的每一天增加，从没有减少。

米酒的作用力消解后，赵树宽又变回了白天的模样。

他干活时只专注于他手里的活，没有表情，也没有青春。吃完饭，他就进了自己的小窝，闷着头抽烟，一声不吭。他的眼睛在头顶的木板上徘徊，他看见了什么？又想起了什么？透过木屋里的小窗户可以看见外面的海、外面的渔

左图：在渔排上，赵树宽已经干了八年多。除了盖新房子、结婚、生孩子的时间，赵树宽成了地地道道的渔民。他的脸和手上的皮肤根本找不到黄种人应该有的肤色，海上的风和紫外线把赵树宽完全晒成了非洲人，只有他说话时露出的牙齿是白色的。

排，他似乎就没有想看海，也没有欣赏海的欲望。其实沉静下来的赵树海，更像一座活体雕塑，他对望的应该是海的女儿。而赵树海，根本不知道安徒生的童话，也不会给儿子讲述《海的女儿》，更不会告诉儿子，他是海的劳工。

海上的渔排无限地延伸着，增加了海上养殖业的庞大数量，也无限地扩大着打工者的队伍。在这条长长的望不到边的渔排上，我从赵树宽的脊背看过去，那是一座像山一样的脊背。

他把能哭出眼泪的人生都装在他能挺起的这座山里，当儿子长大时，他该怎样对儿子讲述这座男人的山背后的故事？

儿子，再等等爸爸妈妈

都匀市都山县影山镇桑麻村是孟秀明、罗光燕的家乡，在贵州省最南端，地处苗岭山脉地段。他们从村子里出来，到都匀市需要转两次车。如果到福建霞浦下浒镇大湾码头，他们需要花三天的时间。

路途是他们对家望而却步的念想，也是他们一直想缩短时间回家的念想。

结婚六年，儿子 2 岁时留给爷爷奶奶后，孟秀明再没有回家见过儿子。现在 5 岁的儿子孟开翔，在桑麻村里过着他有爸爸妈妈却见不到爸爸妈妈的童年。

2012 年，刚过完春节，也刚过完孩子的 2 岁生日，孟秀明、罗光燕为了还清欠亲朋好友的钱远离苗岭大山，来到福建宁德的罗源湾海上渔排打工。

从最远的苗岭大山到最远的大海，苗家汉子孟秀明开始了他婚后的打工之路。

孟秀明中专毕业的时候在黔南州瓮安县做兽医，工资一个月 1100 元左右，因为工资太低了，所以就辞职出去打工了。

2007 年来到了深圳宝安区，先做外贸后面又做快递，工资最高的时候有三四千，一年以后，因工作压力太大就去了广州的一家航道局学造船，他的师傅告诉他，做这一行，要先学做人再学技术。

孟秀明知道，做哪一行都要先做人后做事。

离家时，孟秀明、罗光燕悄悄出门，让奶奶把孩子抱到屋里。他们怕儿子看见了问他们去哪里，然后哭泣。夫妻俩害怕听到儿子的哭声，如果儿子哭了，他们选择出远门的脚步也许会停下来。如果停下来了，欠款什么时候能够还清，是一个遥远的未知数。

他们在早晨的鸡叫声中离开了父母，离开了儿子。虽然这不是孟秀明第一次出门打工，但对于一个父亲来说，他是第一次远离儿子。还好，因为是早晨，山里的雾大，他眼里的泪妻子看不到，妻子难舍的表情他也看不到。

渔排上最苦的活就是晒海带，孟秀明和罗光燕年后去找的第一份工作就从晒海带开始。

晒海带的活不是缺钱的人绝对不干，不是年轻人也绝对不干。这个活需要力气，也需要耐力，更需要坚持。海带养在粗绳上，一条粗绳上的海带最轻的有 100 多斤，最重的有 200 多斤。

晒海带要从挑海带开始。

先把海带从水里拉上来，长的海带需要用手扯断。你的手就是老虎钳子，是剪刀。没有力气，你就无法把柔软的海带扯断。它会缠绕着你，让你无从下手。

罗光燕干不了晒海带的活，只能在渔排上给丈夫做饭。

孟秀明的工作时间是每天从早上的 6 点到晚上的 12 点。这中间，他首先要把海带从海里捞出来，再用船把海带运到指定的渔排上晾晒。

刚开始不懂怎么扯海带，他的手每天都是肿的。第一个月的工资是 4350 块钱，他自己只留了 300 块钱的生活费，剩下的钱全部寄回家给弟弟学手艺，孟秀明起早贪黑的干了 4 个月收海带的活，赚了 1 万多元。他把钱打给了父母还家里欠的账。

看着辛辛苦苦赚回来的钱，一眨眼又成了空气，妻子罗光燕没有责备，也没有抱怨。儿子在爷爷奶奶家需要钱，弟弟需要钱，他俩更需要钱。他们的责任就是赚钱。

2013年春节，罗光燕想念儿子，独自回到桑麻村。孟秀明待在渔排上养鲍鱼。老板规定，夫妻两个，只能回去一个，另一个必须在渔排上干活。都回家了，鲍鱼就没有人管了。

罗光燕只在家里待了9天，9天里，第一天儿子认生，不认识妈妈。只要罗光燕喊儿子的名字，儿子就往外面跑，或者去找爷爷奶奶。要走的时候，儿子才跟罗光燕熟悉了，牵着妈妈的手不放。罗光燕临走时跟儿子第一次拍了写真照片，她把照片带在身边，没事的时候可以看看儿子的照片。

回到罗源湾，再打电话给儿子，儿子不接电话，有时候就直接挂掉了。

从2013年至今，罗光燕再没有回桑麻村，孟秀明三年没有回家了。他们付出了见不到儿子的代价后，在三年的时间里，还清了欠下的6万多元债务。

儿子在读私立学校的幼儿园中班，学费一年4000元左右。

孟秀明三年付出的代价，不仅仅是还清了欠款，儿子从2岁时没见父亲到现在，只要孟秀明打电话让儿子说话，电话那头的儿子不叫爸爸，也不接电话。剩下空空的话筒在孟秀明的耳朵边响着。每次他看着儿子的照片想儿子时，还想再打电话，每次都是同样的状况。每次孟秀明都对着空空的电话伤心流泪。三年的时间对父母来讲，是很短的时间，对儿子来说则是很长的时间。5岁的儿子记忆里没有父亲，只有爷爷奶奶。

时间久了，哭也没用了，眼泪也流干了。伤心背后，他觉得亏欠了儿子。

欠账已还清，他们感觉压力小了很多。

但是新的问题又来了，还得赚钱盖新房子。建新房子至少需要 10 多万（不包括装修），想起新的问题，罗光燕也会抱怨孟秀明，孟秀明也会感到很绝望。绝望的时候，两个人会闹矛盾、互相抱怨，感觉活着没有意义。

未来还能过多久，他们从来都不敢想。孟秀明刚刚 30 岁，罗光燕 29 岁，年轻的年龄里是布满生活创伤的伤口。

我在把罗光燕红肿的手放在我的手里时，我看到那些纤细的手指在肿大的关节里慢慢变形。她年轻娇美的面容即使在海上被海风吹打了三年，仍然能够看出她白色的肤质里娇嫩的皮肤。她跟着丈夫，包揽了一个年轻女人对家的一切。

在庞大的渔排上，罗光燕穿着粉红色的棉衣格外鲜艳，白色的衣领衬托着她年轻的面容，这是 2015 年大湾码头渔排最亮丽的风景线。黑色的头发扎成马尾松，在海风飘起的渔排上飘扬着是那么美。

孟秀明、罗光燕希望儿子不要像父母这样，仅仅让儿子有口饭吃，不是他们全部的希望。他们为了讨生活付出了幸福生活的全部，就是希望儿子长大以后不要像父母那样辛苦，上一个好的大学，找一份好的工作，有一个健康快乐幸福的人生。

再苦几年，他们将回到桑麻村陪着儿子上学，那是儿子一年级的时候。这个时间他们刻在心里。

孟开翔，你再等等你的爸爸妈妈，还有两年，你的爸爸妈妈将回家陪伴你。

很快我们就回家了

王先贰总是在干完活吃完饭后，坐在屋里的塑料椅子上，从木门里面向外凝视。她凝视的方向是木门外面长长的渔排，还有渔排前面很远很远的房子。她的凝视是没有表情的凝视，没有喜怒哀乐，在她脸上找不到任何需要表达的语言。

“你在看什么？”

听到我的问话，王先贰回头楞一下，呵呵笑一下，说：“什么也没有看。”

王先贰向门外看的时候，丈夫刘明海在小房间里睡午觉。只要挨着枕头就能打呼的刘明海从来不知道王先贰坐在门里看外面。

我在王先贰坐的位置的同一个方向坐下来，眼睛向她凝视的前方看过去。原来从 2 米高的木门往外瞭望的时候，视野是如此开阔，先是海水把生活垃圾冲到门口前的台阶上，沿着一条很宽的走路的木板一直往外，近处是浩大的渔排，渔排前面是郑老板的小房子，小房子前面是开阔的海，海的后面又是渔排，渔排的后面是一眼望不到边的海。

我再问王先贰：“最远能看见什么？”

王先贰说：“我没有看什么。”

我笑了，王先贰也笑了。

左图：刘明海、王先贰夫妇在干活。

右图：坐在门口的王先贰从来不知道她眼前看到的景物。

其实，王先贰什么都没有看见。在问第一次的时候，我想王先贰在说假话，她可能看见了前面的风景。当我坐在同样的位置再问王先贰时，我知道她说的是真话。她的眼前是她在贵州瓮安的生活，是有她的女儿、儿子的生活。她坐在那里，仅仅把现场放在了渔排的木屋里，木屋以外跟她没有关系。

就像她们在渔排上喂海参时，旁边的丈夫跟她没有关系一样。她每天喂 280 笼海参，丈夫刘明海也喂 280 笼。

她干她的，他干他的。没有语言交流，没有情感表达。没有语言交流是渔排上喂海参的特殊需要，说话需要分心，分心干不了好活。只要干活，渔排上就只有海水的声音，拉海参笼子的声音，冲洗笼子里淤泥的声音，解扣喂海参的声音，关上扣子把笼子扔进海里的声音。

刘明海的呼声降下来后，王先贰去睡午觉了。

刘明海揉着睡眼惺忪的眼睛坐在王先贰坐过的板凳上，揉揉脸，再打个哈欠。双手抱胳膊，双脚穿拖鞋交叉在一起。眼睛也向门外瞅，他瞅什么？

52 岁的刘明海和 48 岁的妻子王先贰是贵州组合家庭里年龄最大的一对夫妻。年龄大在渔排上没有优势，也没有资格。大半天的活把他们一天的精力都耗尽了，刘明海很少张嘴说话。

我把问王先贰的问题又抛了出去。

“你瞅什么呀？”

刘明海僵硬着脸上的肌肉，挤出一个笑容，“呵呵、呵呵”，摇摇头。

他甚至没有回答什么也没有瞅。

他才 52 岁，坐在椅子上，他的背弯曲着，直不起来。手关节粗大地肿胀着，他用这双关节肿大的手时不时搓搓脸。其实脸上什么也没有，就像他看门外时什么也没有在他眼睛里一样。

他跟妻子如此相似，连看门外的神情都像是一个人。而他们从没有发现对方有这个习惯，在同一把椅子上，一个男人和一个女人的眼睛面对的世界是空白的。

王先贰小时候家里就很穷，家里就她和妹妹。妹妹被卖到了安徽，男的大妹妹二十岁。贵州太穷了，王先贰也结婚很早，嫁到当地一个穷人家，丈夫叫刘明海。

婚后的刘明海在老家瓮安的建筑工地挑了 18 年的水泥板，80 年代的一块水泥板是 200 斤，4 个人才能挑一块。一块水泥板 2 块钱，每个人挑一块水泥板才能拿到 0.5 元钱，一天要挑 40 块水泥板，最多的时候才能赚 20 块钱。刘明海就是靠挑水泥板的 18 年时间，建起了砖房，娶了媳妇，嫁了女儿。

王先贰眼里的风景总停在十多年前，那是把儿子、女儿留在老家，去浙江打工的时间。那时，她不知道“留守”这个词，直到现在她也不知道。当她告诉我，罗莎妈妈想起留在平浪的孩子总是哭的时候，她也想起自己的过去，却不知道使用“留守儿童”这个词。

2002 年，王先贰为了改变家庭的经济条件，在堂妹的鼓动下来到浙江宁波四桥笔厂打工。那时候儿子 11 岁，女儿 7 岁。两个孩子留给丈夫，丈夫边挑水泥板边照顾孩子。

刘明海、王先贰看向远处的大海。

因为堂妹嫁到了宁波，刚去的时候吃住都在堂妹家。有亲戚，还有一份工作，刚去宁波的王先贰充满了对城市的新鲜感。那时在宁波打工的外地人也不多，在城市人的新环境里，王先贰也梦想着有一天，在这个城市有自己的房子，把丈夫、儿子、女儿接过来。想归想，一个农民能把家安在城市，得需要多少钱？

2个月过后，王先贰眼里的城市风景和留在城市的想法一去无踪。来时没有想到自己会想念孩子，突生的想念让她无法控制自己的情绪。在堂妹家，只要看到马路上有别人家的小孩，她都会着魔一样走过去，抚摸孩子的脸，牵孩子的手。看见别人家的孩子，就会想起自己的孩子，现场失控，大哭。

每天以泪洗面的日子不仅让王先贰无心打工，堂妹看见了也烦。王先贰在宁波度日如年的日子，消灭了她梦想的一切。她决定回家，宁波有千好万好，跟自己都没有关系。

2个月后，还是堂妹给王先贰垫了回家的路费，她才坐火车到了家。

12年过去，儿子、女儿都已经结婚了。在家无事可做的王先贰和丈夫刘明海，经朋友介绍，在2014年9月来到了福建的台江码头，帮老板晒海带。才做了20多天，在插竹竿的时候，刘明海因为脚底下滑导致腰部受伤，被晒海带的竹竿戳伤到了肋骨和手背。老板怕以后的伤病影响到他的生意，给他们发了750元的工资算做遣散费。

2014年10月底，刘明海伤还没有好，又经表弟介绍，和妻子来到了下浒大湾码头，来到了郑老板的渔排上养海参。在渔排上才认识了罗莎妈妈和贵州的新组合家庭。

平时渔排上的人都是在一起吃饭的，像一个大家庭一样，一日三餐由罗莎妈妈和王先贰做饭。

郑老板看到刘明海有伤，为了照顾他就给了一天280笼的活，王先贰也做280笼，这样一个月每个人能有2000多元的工钱。除去吃的，到海参出售后，他们能拿到10000元工钱。

他们是郑老板渔排上年龄最大的夫妻，如果不是郑老板开恩，他们连每天280笼的活都找不到。

280笼，干一天也很辛苦。

他们每天在门口张望的动作，我到走的时候终于知道了，他们从这个小门里想着回家的时间，过完一天，他们就离回家的时间更接近了。

郑老板的渔排是几个股东合资建成的，已经营了五年。郑老板去年刚从工程师的岗位上退休下来，过来管理这个渔排。整个渔排长有220米，宽45米，包括渔排上的房子，总造价接近3000万，其中买这片海域就用了300多万。渔排是由一个一个的小正方形组成，正方形的四周是木板，用来走人，正方形横着有六根粗的竹竿，每根竹竿上吊了6个养海参的笼子。郑老板说这样一个正方形做出来就要1000块钱左右，还不包括海参、笼子、饲料费用。郑老板是福建宁德人，家住罗源湾。所以在大湾码头这里，这个宁德人也是外地人。大湾码头的海域属于内海湾，距离东海还有几座山的距离，也正是因为有山隔着，受到台风的影响非常小，再加上海水比较肥沃，这里很适合做水产品的养殖。

大湾码头的海域都是没有产权的，早些年在这片海湾上，谁只要打几个桩放几个泡沫塑料，这片海域就属于谁的，后来因为海鲜有了市场，养殖业发达起来，这片海湾就兴旺起来了。郑老板的渔排在这片海域属于规模最大的，由于做养殖业非常辛苦，下浒镇当地人往往在祖辈圈下的海域里只做养殖业的管理，具体的操作工作都是由外地过来的务工人员完成。湖南、贵州和云南贫困山区的务工人员最多。

郑老板的渔排每年只经营 4 个月（10 月到次年 2 月），这期间只养海参，其他时间都租给别人晒海带。每当到了 2 月底 3 月初会有山东来的老板过来收海参，这些山东的老板往往是五六个人一起过来收购。由于海参的季节性非常明显，如果在 3 月中旬海参卖不出去，海水的温度又高起来，这批海参就会损失惨重，那是几百万元的损失。而那些从山东过来收购海参的老板会在看完海参后，集体商定一个标准价，再去和渔排的老板谈收购的价格。这些价格会算得非常精准，因为养海参的成本非常透明，主要有三大块：1. 海参育苗；2. 海参的饲料；3. 养殖海参的人工成本。在扣除掉海参的成本后，这些山东的收购商会让渔排老板每斤赚 20 块左右的利润，在这 20 块利润的背后，渔排老板要承担两个风险：1. 海参的重量能不能达到平均重量；2. 海参的市场价格因市场的波动升降。如果赶上价格高，就赚钱了，如果刚好碰上海参跌价时，渔排老板所承受的打击足以把他们自己摧毁。所以做海参的生意，也是个高风险的生意。

刘明海的伤还没有好，刮风下雨，受伤处就格外疼。只要在这个时候，他们想家的心情就很迫切。

在吃饭的时候，或者闲下来的时候，我很少听到刘明海说话，也很少听到他跟任何人交流。有声世界里的语言成了无声的缄默，这个 1963 年出生的男人，刚刚过了 50 岁，就已经苍老了他一路走过来的全部岁月。

知道了回家的日期，王先贰在春节的几天脸上有了笑容，她在门外张望的时候，会突然告诉我，他们很快就回家了。

看到罗莎的妈妈哭，王先贰在我面前刹那间没了笑容，悲悲戚戚地指着罗莎妈妈的背影说："她又哭了，想孩子了。很可怜的！"

在下浒镇的大湾码头，在贵州人的组合家庭里，当我体验了无声的交流以后，我知道，这个世界上的另一种心灵交流，是一个无声的世界。

这个无声的世界里驻扎着有声世界里的全部悲苦、悲情、悲伤。

我不需要翻动他们的过去，他们简单的一个表情、一个动作、一个微笑，就能让我读懂他们背后的人生。

女儿，明年爸妈回家陪你

卜兴华说女儿的时候，一次次哽咽，一次次泪眼模糊。

“把女儿留给爷爷奶奶，我们也没有办法。如果待在家里，家里的房子没钱盖，女儿以后上大学没钱。我们也不想出来辛苦，我们确实对不起女儿。”

他的声音穿过很薄的木屋的隔板飘在海上，一个男人的眼泪在他黝黑的脸上翻滚着。

渔排外面的天下着雨，湿冷。他里面穿一件红色的T恤，外套一件军黄色的外衣。外衣上是喂海参碰溅的淤泥，他没有换衣服洗澡。

他拿起桌面上的橘子给我，说：“过年呢，吃个橘子。”

他穿着红色的T恤，照耀着整个湿冷暗淡的木屋。外套不合时宜地在他身上挂着，脚上的球鞋沾满了淤泥。

这是云南人组合的大家庭，说着云南各地方的方言，吃着云南人喜欢的饭菜。虽然远离家门，在这里共同的乡音让他们在一起像一家人。

卜兴华来自云南大理巍山的大仓，从地理名字看就足以让我知道回家的艰难。

女儿8岁时，卜兴华和妻子就出来打工。当时他们村里外出打工的人很少，留在村里的孩子也没有几个。

六年前第一次出门打工是在山东的潍坊，在当地的一家化工厂做苦力。每月工钱 2000 多元，妻子也 2000 多元，加一起 4000 多元。厂里管住，吃饭自己花钱。

第一年他们在潍坊，却从没有进过城，也没有回家，攒了 20000 元。给父母寄了 6000 元，他们存了 10000 多元。这是他们第一次有存款，存款上万。

有了存款，他们在外面打工的心踏实了。

第二年，化工厂的苦力干完后，他们去了江苏苏州，在一家电子厂做插头工。在厂里干了一年多，也没有去过苏州园林，没有去过苏州的任何景点。在电子厂，两个人加起来每月有 5000 多元。工厂不管住，不管吃。一年租房子、吃饭算下来，也没有攒下来钱。

2011 年，他们经朋友介绍来到宁德的罗源湾，冬天喂海参，夏天晒海带、喂鲍鱼。

2013 年，来到霞浦下浒镇的大湾码头。

出来六年，回家两次。前两次回家，把存折上的钱都花光了。此后四年里，他们再没有回家，攒下了十多万准备回家盖房子。

出门时女儿 8 岁，现在女儿 14 岁，初中二年级了。每周他们打一次电话给女儿，让女儿多帮爷爷奶奶干活、干家务。

父母出门打工的六年时间里，女儿从没有抱怨过父母不管她。她唯一叮嘱父母的，是一定要在她中考的时候回到家里，陪伴她中考。

卜兴华说话的时候，老婆跟云南的组合家庭在玩牌，问她话时，她说，她不会说话，然后跑到厨房去做饭了。

从云南的山区来到福建的霞浦下浒镇的大湾码头，卜兴华的生活圈子从山里搬到了海里，人际交往从同村的关系变成了老乡的关系。

她分拣着菜花，眼睛时不时瞅着屋内。问什么，她只是笑一笑，不停地说："我真的不会说话。"她穿着宽松的棉质休闲服，宽大花色的休闲服衬不出她的身材。她不是丰腴的女人，也不是漂亮的女人，而是简单羞涩的女人。

有了卜兴华的眼泪，我不想让这个简单羞涩的女人也因为提到女儿再落泪。

我希望她把对女儿思念的话语都放在无言无声的沉默里。当她想起女儿的时候，女儿能开心地在她的思念里。

从贵州人组合的大家庭到云南人组合的大家庭，我无意识地、无助地翻动着每个家庭离开家乡打工的辛酸经历。他们仅仅是中国的农民工舍弃孩子在外面打工的一个点，从这个点里辐射着整个群体。

我问卜兴华："打工六年，去过很多地方，却没有进过城？"

卜兴华苦笑一下："打工的地方都离城里很远，没有时间去。即使去了也要花钱，也没有想过去。"

"在渔排上打工，进城更难了？"

卜兴华点点头，有事需要办就到下浒镇上。

从云南的山区来到福建的霞浦下浒镇的大湾码头，卜兴华的生活圈子从山里搬到了海里，人际交往从同村的关系变成了老乡的关系。他的衣服换了一两件新的，穿得最多时间的还是原来的旧衣服。在渔排上，不需要好看的穿着，也就不需要在穿上花很多钱。

他攒的 10 多万元，是不抽烟不喝酒，不买多余的消费品，跟妻子一点点攒起来的。

如果把他们打工的钱放在城里花，即使他们不消费其他的零用物品，租房、吃饭的花费下来，他们每年也存不上什么钱。

渔排是一个攒钱的地方，也是忍受寂寞、孤独的地方。

渔排让他们的视野无穷远，他们眼里却看不到远处的任何风景。

“明年能确定回家陪女儿？”我怕他们辜负了女儿的期盼才如此问。

卜兴华坚定地说：“必须回家。我们已经让女儿受了六年罪，不能再不管她了。明年女儿中考，我们要回家陪女儿参加考试。”

这几年没有回家，攒了十几万，回家可以盖新房子了。

卜兴华的脸上有了向往的光晕，他这次的笑，是轻松的、愉快的。

建一栋新房子是一个农民对家的期许，就像城里人宁可成为房奴，也想尽办法在城里有一套属于自己的屋子。

卜兴华建一栋新房子的愿望，是对自己打工六年的交代。他舍家带口在外六年，他要荣归故里。就算他在外没有新的衣服，没有进过城，没有过城里人的生活，这些都不重要。他在外面，村里人看不见，他在外面的生活过得拮据、寒酸、光鲜，村里人都看不见。村里人唯一能看见的是，卜兴华在外六年回家后新盖的房子、口袋里的存款、在外面的见识。

再过一个春节，卜兴华将带着妻子风风光光地回家。这六年里，他的辛苦没有白费，女儿学习好，孝敬爷爷奶奶，理解爸爸妈妈在外打工的不容易，这让卜兴华很骄傲。

六年付出，让女儿有了好的学习环境，让自己的父母有了夸耀的资本，卜兴华，他这个没有文化的父亲，做成现在这个样子，他过去经历的所有煎熬都成了汗渍滴下去时的镜头。

他把最苦难的镜头只对准自己，并聚焦在自己身上，让镜头无数次地燃烧再燃烧。

渔排之上：沉重的背带

在云南宁蒗彝族，彝族人鲁叔攀的一天开始得很简单，也很踏实。

他早早起来，先到猪圈里扔把猪草，再到牛圈里给牛填一些草料，然后听着猪撒欢的声音、牛哞叫的声音打开院门去田里干活。

妻子罗兴丽带着两个女儿忙家务，忙一天的饭食。一天就从太阳升起到太阳落山，一日三餐，简单、忙碌、平凡、幸福。这样的日子应该是60岁的男人过的，30岁不到的鲁叔攀享受着这份远离城市的安静。

秋收时，收收山核桃、烟叶。生活过得不是很富足，却也轻松没有压力。

2014年的11月，福建的亲戚来到宁蒗，告诉鲁叔攀，福建有个赚钱的地方，比家里赚得更多，而且可以带着孩子干活，能拿双倍的工钱。亲戚说，如果愿意，可以帮忙介绍他们去福建。

从来没有外出打工的鲁叔攀、罗兴丽听了很兴奋，他们商量后，决定把5岁的女儿交给爷爷奶奶带，他们带着2岁的小女儿去福建。

2014年的12月初，鲁叔攀、罗兴丽带着小女儿在亲戚的指引下从宁蒗往福建出发。由于妻子罗兴丽晕车，一路走走停停。坐一天车需要住一晚宾馆，再坐车。从宁蒗坐大巴到昆明，住酒店，再从昆明坐火车卧铺到福州，住酒店，再从福州到霞浦下浒镇大湾码头渔排。辗转了6天，花费了6000多元，终于到达目的地。

这 6000 多元里也包括两位亲戚的路费、宾馆费、路途吃饭的费用。亲戚帮忙介绍工作，不能让亲戚掏腰包。

6000 多元是鲁叔攀一年在田里的一半收入，他花得心疼。

从山里到海里，新环境里的海上渔排工作，对于山里人鲁叔攀、罗兴丽而言是新鲜的，还很兴奋。女儿也乖，不哭不闹。而且他们跟的东北老板招的工人都是云南的，在这里就像到了一个新的家，吃同样的饭菜，说同样的话。就是干活自己干自己的，力气大的干多一些，拿多一些钱，力气小的拿少一点钱。住宿虽然简陋，在渔排上的小木屋，但不要钱。吃饭大家分摊，也花不了多少。喂海参的活，鲁叔攀没有感觉太辛苦，在家里也干农活，在海上的活虽然跟农田不同，也一样需要力气。出力气的活难不倒鲁叔攀。

一个月后，夫妻俩算了一笔账。光鲁叔攀一个人每月喂 350 笼海参，一个月 3000 元左右，去掉一家三口的饭钱，一个月能落下的不到 2000。妻子带着孩子不能干活，就少一个劳动力赚钱。付出这样的代价是把大女儿扔给爷爷奶奶照看，来这里赚钱的。这样算下来，他们觉得待在渔排上干活不赚钱。

他们想回家，又算了一笔回家的费用。来时花了 6000 多元，需要 4 个月的工钱才能抵扣这笔钱。如果现在马上回家，算上来时和回家的费用，他们要贴进去 10000 多元。那可是全家一年的收入。有家回不了，给这对新来的夫妻出了一个大难题。

东北老板想解决鲁叔攀的难题，就安排罗兴丽帮几个老板做饭，一个月

1500 元工资。

罗兴丽把孩子背在背带上做了几天饭，就不做了。东北人的饭，她从前没有做过，试了几天，她还是没有办法做出东北老板喜欢吃的饭菜。

他们组合家庭的饭不需要专人去做，谁下工早谁做饭，每家都带家属。六个女人在一个组合家庭里生活，也不需要罗兴丽帮手。她带着孩子，做母亲的都是过来人，都不让罗兴丽帮忙做饭。渔排上的住宿空间本来就小，厨房更小，只能容纳一个人。罗兴丽背着孩子，干活不方便，还碍事。

没活干，还不赚钱。女儿单独放在房间里不安全，一不小心会掉进海里。不像在家里，把女儿放在任何地方，都没有安全问题。

亲戚自从把他们放在渔排上，也再没有联系。他们又不能埋怨亲戚给找的活，决定是他们自己下的。

第一次把女儿留在家里一个多月，想女儿都没有办法见面。这种有苦都说不出的日子，让年轻的夫妻偷偷地流了好多眼泪。

鲁叔攀的活干得好，海参笼里的淤泥冲刷得干干净净。老板打心眼里喜欢鲁叔攀的活，为了留住他，又给他每天增加了 150 笼。这样鲁叔攀一天可以喂 500 笼海参，5000 多元一个月。

罗兴丽怕丈夫喂 500 笼海参太辛苦，这是渔排上劳动强度最大的数字。他们在一起的云南人，有 200 多笼、300 多笼、400 多笼的，就鲁叔攀 500 笼。这是老板对他们的好心，可活得自己干。

每天，罗兴丽背着女儿，帮鲁叔攀干活。鲁叔攀喂 3 笼，罗兴丽喂 1 笼，

一天下来，可以为鲁叔攀减少 100 笼的活。

我知道罗兴丽的事是罗莎妈妈告诉我的，她说渔排上的男人辛苦，女人更辛苦。东北老板的渔排上有个背孩子干活的年轻的云南女人，她看见这个云南女人背着孩子就想起自己把儿子拴在木栅栏的事，然后泪眼涟涟。

在孤岛的渔排上，人就是一个团结的群体。他们来自不同的地方，在渔排上成为不同乡音的异乡人。他们善良、有同情心。他们看到同类都会悲情，都会去善意的帮忙。

渔排上远离了尘世的繁杂、人际关系的复杂、酒肉穿肠过的世俗。

雨天里，渔排之上是停不下脚步干活的人，雨中的渔排是五颜六色的雨衣构成的世界。

罗兴丽背着女儿在雨中，女儿裹在背带里，安静地享受着雨中世界的好奇。

鲁叔攀在旁边干活，他顾不上跟妻子和女儿说话，说话会减慢喂海参的速度。干活的人必须心无旁骛、手心合一盯着海参笼子。稍有疏忽，有的海参就会吃不上食物。

老板最会观察谁喂海参好，谁喂得差。海参苗下的不同，有大有小，也会按大小分开。海参喂得好全靠干活人的良心。少放一次食物的海参就会比其他笼子里的小，喂海参不是用嘴巴说话表功，而是打开海参笼子，四格里的海参都长得胖胖的圆圆的，一笼 7 斤以上的海参重量证明你的工作是最出色的。

东北老板的活也跟福建老板的不同，喂海参的人，每人一个红色水桶，用来冲洗海参里的淤泥。这样干活的速度明显下降，一笼海参，需要用三桶水冲

左图（上）：大年初二罗兴丽便背着女儿在渔排上干活。

左图（下）：2岁的女儿在罗兴丽的背上晃悠着，我担心孩子掉下来。如果掉下来，不是掉在地上，而是掉进海里。

这是我来下浒镇大湾码头渔排后第一次认真地注视着插满国旗的渔排，也是第一次注视着让我们注满情感的国旗，鲜红的国旗满满地将喜庆的红色飘满整个渔排。

三次才能冲洗干净。从海里打三桶水，按曾以庭的速度能喂一笼海参。这样，干活能手鲁叔攀喂1笼海参的时间，曾以庭能喂4笼，罗莎妈妈和爸爸能喂3笼。东北老板的工人需要比福建老板的工人提前干活2小时，然后晚收工2小时。

选择了老板，就选择了当家的。你就得一竿子插到底，干完这趟买卖再找下家。

罗兴丽背着女儿干活，她一弓腰，一伸手，一提笼，一站起来的动作都让我的心提到嗓子眼。我担心她背上的女儿随时会随着她提水、提笼、冲刷、解扣等动作滑落而下。她干得游刃有余，似乎背上的不是女儿，是气球。

女儿手里拿着一小块馒头，一点点地用小手送到嘴里，她不哭也不闹，不跟妈妈说话，也不要求妈妈停下手中的活逗她玩。

我跟着罗兴丽的动作，在她眼前晃悠着。女儿在她的背上旁若无人，自娱自乐。

面对2岁的孩子，我想跟罗兴丽和鲁叔攀说话的打算都是一种奢侈的贪心。

在2015年大年初二的大湾码头的渔排上，在干活的人群里，一家三口没有语言交流的画面，是被我们在城市的空气里最容易忽略掉的情怀。

2015年大年初二下午5点，我冒着雨来到罗兴丽她们的渔排。刚刚从渔排上干完活，罗兴丽已经给孩子冲了澡，她坐在玩牌的女人堆里等丈夫鲁叔攀洗澡。

她们住的木屋要再过几个渔排，我跟她一起等着。

云南女人的组合家庭里，因为女人多的原因，比罗莎妈妈贵州组合家庭的

上图：海上的渔排。

奶粉
[浓香型]

渔排要热闹。在唧唧喳喳的打牌声里，罗兴丽抱着女儿安静地坐在旁边。

洗干净淤泥的鲁叔攀浅浅地一笑，我们去了他们的房间。

4平方米的小房间，只能坐在小床上。渔排上没有多余的空间，女儿放在被子上。下雨，阴冷。

白天安静的女儿，有爸爸妈妈陪着，在床上上蹿下跳，活泼可爱。只有干完活后的晚上，一家三口才能在4平方米的空间里过着属于他们的自由生活。

2岁的女儿很懂事地把白天和晚上分成两个世界，并在这两个世界里让爸爸妈妈安心，让爸爸妈妈快乐。

我捧起她肉嘟嘟的手，亲近着2岁的女孩。她看着我，开心地笑着，不说话，小脸蛋红粉红粉。两个年轻的大人看着女儿玩着笑着，笑容追随着女儿的视线。

这一刻，我感到了轻松，在渔排上几天的沉重感，因为2岁的孩子带来的快乐而改变。

"想大女儿吗？"

罗兴丽笑了笑说："刚来两个月，干活忙、累，还顾不上想。小的跟着，闲下来的时间都照顾小的了。每天都给大女儿打电话，女儿跟爷爷奶奶在一起过得很开心。"

"干完这个活，还有什么打算？"

鲁叔攀很快回答："回家了。"

罗兴丽点着头，抱起女儿对着她说："你说，我们要回家了。"

女儿重复着妈妈的话，发出甜甜的童音："是，回家了。"

左图： 渔排上的住宿环境。

一家三口的声音在空阔的渔排上轻微得激不起浪花，远处渔排上的鞭炮声盖过了他们要回家的声音。

“回家了！”

一家三口的声音在空阔的渔排上轻微得激不起浪花，远处渔排上的鞭炮声盖过了他们要回家的声音。

我在雨中返回罗莎妈妈他们的渔排，我看见中国国旗湿淋淋地在渔排上轻轻摆动。

这是我来下浒镇大湾码头渔排后第一次认真地注视着插满国旗的渔排，也是第一次注视着让我们注满情感的国旗，鲜红的国旗满满地将喜庆的红色飘满整个渔排。

这是火红的颜色，艳红的色彩烧烤着我全身的湿冷。

第三辑

孩子，我们不再让你孤单

体验是一种改变的能力

仅仅15天时间，对于从新疆考入华南农业大学的大一学生李小熊来说，是成长过程中的长度，也是宽度。还有4个多月才跨入20岁的他，2014年7月7日，在跟随华南农业大学12名阳光团队的大学生一起到达贵州黔南布依族苗族自治州都匀市平浪镇中心小学进行为期半个月的“三下乡”支教活动中，完美地历练了青春，历练了稚嫩的心智。这15天，他跟随阳光团队走访了留守孩子的家，也走访了仍然贫困的山区孩子的家。在这15天里，他还体验了做一名地理老师的成就感。阳光团队的同学叫他：“地理达人李小熊”。

1

如果只是告诉孩子们塔克拉玛干沙漠在新疆，黄果树瀑布在贵州，香格里拉在云南，那这样的地理课就不叫创新课程了。在贵州黔南布依族苗族自治州都匀市平浪镇中心小学支教的地理达人李小熊，将地理课的内容通过他大半个中国的游历经历，让每一个地方都变得有血有肉有感情，让平浪镇中心小学从一年级到六年级的学生第一次感受到了地理课的巨大魅力。课堂上，小熊说塔克拉玛干的沙漠面积在不断地扩大，然后学生们马上就会回应是因为森林面积在减少；小熊说北京的天气，学生们会说出PM2.5，并马上回答北京雾霾。“为什么有雾霾？”“车太多了。”让小熊最无语的是，当他说新疆真的好大好大时，孩子们立刻说新疆的暴动事件（小熊很伤感，新疆不应该让遥远的山区孩子有这样的感觉）。当小熊拿出地球仪和地图来展示的时候，学生们的童真瞬间爆发了，不顾及上课的纪律，就那样毫无顾及地跑到了讲台，跟地图和地球仪更近距离地接触。他们用小手轻抚着地球仪上世界的每一个版图，中国东西部的各个版图，并且寻找他们自己的家乡在地球仪版图上的位置。也许，他们的小手抚摸的每一个地方都藏着他们的小秘密吧，或许那是他们日盼夜盼的父母打工的所在地，或许是他们希望日后长大走出大山到达的梦都，又或许是他们在梦中成功拯救的塔克拉玛干沙漠……对于他们而言，地理百科不仅意味着某一个有着地理名字的地理位置，更多的是那个方向承载着他们的希望和憧憬，是他们不断努力的方向。

第一节地理课后，小熊很惊讶山区留守孩子地理知识的丰富，他想用初中的地理知识考考孩子们:“为什么在世界地图上没有贵阳？”有个孩子回答:“比例尺。”初中地理课知识,小熊没有想到山区小学的孩子都知道。小熊最后明白，小学生们对地理知识的兴趣来自打工的父母，每个城市里都有孩子们想念的父母亲。

小熊头次讲地理课，用“爸爸在哪里”作为讲课的开头。支教前他从没有想过用这样的开头讲课，来之后，他看到这里有好多留守儿童，他们的爸爸妈妈在南方的广东或沿海地区打工。所以他用这个开头问学生：“广东在哪里？”大多数孩子都举着手喊知道，问孩子们都知道哪些国家，有孩子说了美国、意大利等。

7 月 14 日是小熊上第三次地理课的日子，这节课与之前几节课最大的区别是把上课地点由原来的普通教室改为音乐教室，而且不再使用 PPT 幻灯片。同学们围坐成一圈，小熊站在中间讲课，课堂气氛变得十分活跃，很多孩子向小熊提出各种问题，例如：流星和陨石有什么区别？百慕大三角在哪里？山区孩子思维十分活跃，知识素养不贫乏，对科普类内容都很感兴趣。

小熊还讲了地震、火灾等逃生知识，针对山区地形讲了被毒蛇咬后的应急处理方法，溺水了该怎么办等生活自救常识，或许这些知识在某一天会救某个孩子的命，但他还是希望这些知识永远不要派上用场为好。

小熊开设这门课程的目的，就是培养山区学生对地理学习的兴趣，起一个积极引导的作用。他觉得课程基本达到了预期效果，还有两节课，他准备将一节课在图书馆上，顺便教教孩子们怎么高效、科学地使用图书馆的图书。

2

李小熊刚来平浪镇支教的时候，先跟广州电视台的记者采访了平浪老坡寨的贫困学生苏济月和弟弟苏济南。贫困的家庭里只有一张破烂的沙发、一盏能照明的灯、一张能睡人的破床。所有的窗户都关闭着看不到光亮，一股霉味从房间里发散出来，而这就是两个孩子每天睡觉的地方。家里仅有的一个玩具是爸爸捡来的呼啦圈，已经坏了，爸爸用细绳子缠在坏了的地方，还可以用。家里的成员还有一条狗，跟在姐姐和弟弟的周围。

苏济月家里没有多余的拖鞋，拖鞋总数比总人口数还少，有人光着脚。苏济月每天上学要过三条河，翻过山走 40 分钟的山路到学校，晚上回来割猪草、做饭。吃完饭后才能写作业。有时苏济月带弟弟去山上找药草，一筐才卖 3 元钱。她要攒钱给爸爸买裤子。

小熊把看到的、听到的都装进了眼睛里、耳朵里、脑海里。他有几天的时间都很沉默、伤感。他第一次知道贫困是这样的景象。原来在小熊心里对贫困

上图：苏济月和弟弟。坏了的呼啦圈被父亲修理好后，成为姐弟俩唯一的玩具。

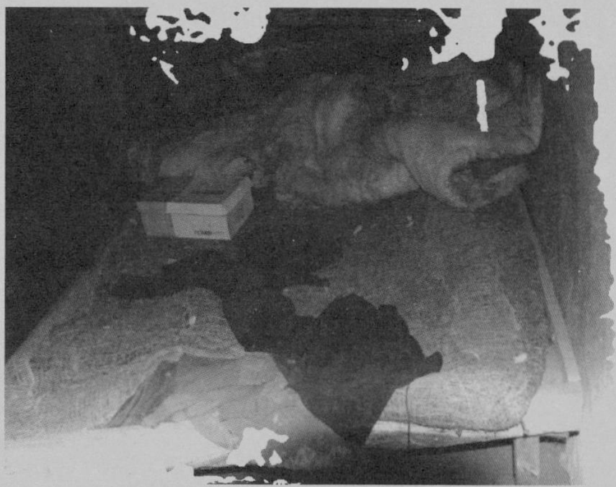

下图：贫困的家庭生活。

的理解是：吃不上饭，房子差。现在他眼里的贫困是：很小的孩子，还没有生活能力的时候，已经承担了家庭的重担。10 岁的女孩，自己在家种玉米、水稻。

在山区的几天，小熊把处处看到的、感受到的跟之前的生活相比，他觉得和山区的贫困孩子苏济月姐弟相比，自己在广州买 4 元多钱一瓶的脉动喝是一种奢侈，买几元钱的零食也是奢侈。他也总是很纳闷，都匀平浪秀山秀水，天然的山泉水，这么美的环境，为什么会有这些贫困的孩子。他希望以后还能参加这样的支教活动，来到贫困山区，才能触动灵魂，让自己知道应该珍惜什么。

3

平浪中心小学的图书是校长罗定国通过博客发出捐赠信息后从全国各地募捐的，没想到在短短 4 个月内，从全国各地捐赠来的图书有 2 万册。其中有著名演员陈坤、著名作家刘醒龙等捐助的图书。因为放假，捐助的图书还在学校图书室没有来得及整理，华南农大的支教学生就主动帮助整理图书。

图书整理是分给其他同学的工作，小熊看到图书馆的建设进入新的阶段，上午和同学鑫磊整理图书时，觉得鑫磊一直为图书登记和分类的工作而苦恼，就突发奇想："为什么我们不能用更高效的方式将图书进行整理呢？"于是他想到了运用手机的扫一扫功能，将书籍的条形码扫描后就能通过数据库得到图书的所有数据，之后就能直接整理成电子文档。小熊的想法仅仅是想法，没想到通过尝试，成功了。用手机二维码扫描书籍条形码，利用手机摄像头捕捉条码图像并自动识别，输出成 excel 文档，大大提升了工作效率，上万册图书从此不愁登记。这也是学校数字化图书馆建立的第一步，李小熊利用手机开发山区首个数字图书管理软件，让华南农业大学阳光团队的同学兴奋了一整天。

平浪中心小学的校长罗定国高兴地说："以后希望你们还能来到我们学校指导。"

小熊在山区的时间，是他的潜能发挥最好的时期。平浪是一个未开发的处女地，一切都是原始的待开发的阶段，小熊充分将自己的游历知识、书本知识，开动脑筋的好奇心种植在山区，在山区开拓了一片新天地，俨然成了一个专业的工程师。

不良的支教行为对留守学生是一种破坏

在来到都匀平浪中心小学之前，林媛和华南农业大学心理咨询阳光团队的学生已经做出了一个60页、3万多字的支教方案。方案详细到每节课由谁上，上什么，老师的素质课教什么，孩子如何去受益。他们初步设计了：手语教学、英语、武术、国家地理知识、安全教育、礼仪教育。

林媛对贫困山区的了解是通过媒体，更多的是通过电视宣传报道，山区的孩子是贫困的、无助的、需要帮助的，只要给钱给资助就行。而华南农大的阳光团队已经有10年的支教经历，每次去的也是贫困山区。

因为她这次带队的华南农业大学阳光团队是第一次来贵州都匀平浪中心小学。在许多学校都不愿接受支教学生的尴尬局面下，从平浪考进华南农大的吴泽苓积极跟自己曾经的老师联系，才促成了阳光团队支教点的这次行动。也正因为如此，林媛和阳光团队的学生才多方面搜集素材，想把这次支教活动搞出成效，希望通过努力能改变社会上长期以来对支教的偏见和看法。有一个支教平台，能让他们在素质教育上促进山区孩子的学习，发掘山区每个孩子身上的闪光点。

林媛和阳光团队来到平浪中心小学后的第一天，看见的现场跟他们想象的贫困山区是两种概念。平浪中心小学已经在2008年由董明珠捐建为希望小学，新的学校大楼将过去贫困破旧的学校痕迹清除得干干净净。如果你是一个外地人，根本无法从新楼里看到过去的样子。学校硬件很不错，学生普通话很标准，衣服也很时尚，农村孩子和城市孩子之间的距离很小。

7月7日到达平浪的当天，林媛见到了平浪中心小学的校长罗定国，罗校长讲了一个细节，山区的孩子在山区很善良、很单纯，但是走出大山后孩子们就会变，有的好吃懒做，有的偷盗。在深圳，尤其在广东，贵州的年轻人给广东人留下了坏的印象。“群山恶水出刁民”的俗语，让青山绿水的生态贵州背负了很久的负面新闻。罗校长提出在小学课外的时间让孩子们阅读的想法也是希望山区孩子从小就有阅读童话、文学作品的定力，让名家童话书籍为孩子纯粹的心灵驻守一个美好的梦，让阅读改变孩子的世界观，坚定孩子未来的人生目标。

跟罗校长面谈后，林媛才意识到她在广州学校看到的贵州学生，特别是咨询中，感觉到贵州学生的语言是很苍白的，苍白的背后跟罗校长说的是一样的。这样的感觉让她对这次的支教工作有很多压力，阳光团队是否能够做到一点：山区的孩子需要什么？他们能给什么？很简单的目的，就是阳光团队这次来是有用的，不是来破坏的。有的大学生认为支教就是来体验当老师的感觉，所以他们就会把自己会的展示给当地的孩子看，展示的过程中只展示了他们自己的优越性，这个时候他们的展示就给了当地的孩子一个美丽的梦，所以当地的孩子很容易沉醉在其中。但是当支教的学生离开的那一瞬间，美丽的梦就破碎了。孩子们的心理更多了娱乐之后的黯然伤心、无助。在学校，林媛跟支教后的大学生有过交流，他们有一个现象让她很难受，就是不知道怎么和山区的孩子联系，当回到学校以后，山区的孩子跟他们联系的时候，他们很烦恼，不愿意自己的生活被山区的孩子打乱，也不愿意再次回到山区支教。从2008年到现在，支教还没有一个固定的点，几年了也还没有看到一个头绪。有学生认为，他们的支教方式对于山区的孩子是一种骚扰。这就是一种居高临下的施舍，施舍之下只有弱者，留守孩子作为一个人依然有一些长处、有潜力、有积极的方面，这才能支撑他们的留守生活。

林媛据此从心理学的角度分析：人所需的物资是有限的，通过支助可以达到，继承遗产也可以达到。富二代不是不努力，是他们的条件已经不需要他们努力奋斗了。

在支教返回后的空档期，孩子们美好的希望变成失望，美梦变成依赖，安静的心变成守候和等待，因为突然间的接受，突然间的离开，有的孩子幼小的心灵有了伤痛。之后很多学校不愿意接受"三下乡"的支教学生，当然更难听的，是干部组织拿着支教的钱跟当地的政府和媒体吃个饭，出个新闻，然后支教工作就在形式当中结束了。这样做破坏的是孩子的梦，伤害的是孩子的人生观。

见到罗校长后，林媛从他们长期扎根山区的影子里看到了文化的沉淀，她还从罗校长的藏书中发现了一本绝版很久的书，森田正马写的关于神经强迫症的书。这本书摆在罗校长满满的藏书里。林媛找这本书已经三年了，当她惊讶地在贵州黔南平浪镇的一个山区小学校长的书柜里看到这本书的时候，她震撼了，感动了。

当晚，林媛跟阳光团队的学生开会调整了支教的全部方案。

林媛表示：现在的大学生很浮躁、很迷惘，他们不知道自己未来要做什么。并说："以后我挑选学生支教，首先要让学生来平浪中心小学罗校长的图书阅览室阅读，跟山区的孩子一起阅读，净化心灵，拓展视野。"平浪中心小学 90% 的孩子喜欢阅读，这也是罗校长在博客中发出的让爱心人士捐书，让学生从小学开始阅读书籍的理念实施的成果。

第四辑

致那些无处安放的童年

121兵团的留守者

这是我2005年写外甥陈家庚留守新疆的文字，也是我最早关注留守儿童的文字。没有想到，在10年后，这篇文字被我选进了我自己的书《回家：中国留守报告（黔南阅读）》里。

在成年人荒凉的世界里，我们可以原谅他们自杀、逃离、叛逆，我们可以把这些在跟自己的生命对抗的人们叫“抑郁症患者”，我们用同情原谅他们对待生命的杀戳，原谅他们走向生命极端的理由。因为成年人可以表达自己的情绪，即使生命走向终极，至少能够给人们留下解释的原因。那么我们的孩子们呢？当他们幼小的心灵感觉生命的荒凉的时候，谁来记录他们的成长，谁来关注他们心灵那些无法表达的想法和愿望？

我在7岁的时候感觉到了整个生命的荒凉，那时父亲刚刚去世，我亲眼看着母亲哭倒在父亲的尸体上，而我没有流眼泪。痛苦在一刹那间来临，幼小的我不知道如何来表现痛苦。就在父亲下葬的时候，9岁的哥哥还在跟其他孩子们快乐地掏鸟窝，他和我一样不理解父亲的死亡意味着什么。死亡和无知跟孩子有多少关系？那一年，母亲病倒在床，我们在缺少大人关怀的日子里，独自把自己关在荒凉的世界里。我希望自己一个人住在空空的房间里睡觉，不需要任何人来打扰，我只有在睡梦中才能和父亲对话，才能感觉到自己抓不到父亲的手，才知道哭出眼泪。那时侯太小，我心中的想法无法用语言告诉任何人。我希望做梦的想法超过了童年所向往的所有愿望。因为在梦中，我真实地看到了父亲的存在，看到了父亲灿烂的面容，看到了拉着二胡的父亲。这个感觉是父亲活着时候的感觉，我觉得只有在梦中，我的生活才是真实的，我和其他小朋友一样，有大人的疼爱。这个世界里，我是幸福的，并且是完整的。

在荒凉的世界里，我闲逛在梦的世界里，一直到我25岁从草原走向城市，这个荒凉的感觉在我心灵里储存了18年。

我的外甥陈家庚比我更早地开始在大人荒凉的世界里闲逛，他在闲逛的时间里体验着这个世界里的一个新词——“留守儿童”。

这个词诞生于90年代末，2000年开始，它在社会学家的文字里和媒体的播报里出现的频率最高。这个词出现的时候，外甥陈家庚并不懂得什么是被留守。他像中国6000多万被留守的农村孩子一样，在少不更事的年龄里经历着一场心灵的变革。

外甥陈家庚是一个被留守在新疆121兵团的城市孩子，他的城市户籍之于留守，跟农村孩子一样没有什么意义。留守对于城市和农村孩子是同等的命运，谁都好不过谁。虽然在他之前已经有许多被留守在其他城市的孩子，但是那时的留守仅仅是个别现象。社会学家还没有来得及关注，一大波新生代的农村留守孩子便在人们毫无意识、毫无准备的情况下成了中国和谐社会向前发展中的社会问题。

外甥陈家庚在新疆石河子的121兵团忙碌地晃悠着他的童年。

那年他才3岁，我的妹妹和妹夫刚来深圳。妹夫的爸爸妈妈带着3岁的孙子却怎么也带不好，老人家们心力交瘁，却不敢让儿子和儿媳赶快把孙子带走。因为儿子和儿媳刚到深圳，能混出个什么样还不知道，再添个孙子，老人们着实不放心。

孙子是管不住的，活蹦乱跳的像只猴子。况且第一次和妈妈、爸爸分开如此久，心里像长了草似的。老人们总认为孙子还小，不知道想爸爸妈妈，认为将孙子送进幼儿园，和小朋友们在一起，孙子的思念就会少一点。老人们总用自己的思维评判先锋时代的孩子，总认为现在的孩子和他们小时侯的想法是一样的，一个糖葫芦就可以满足孩子所有的心愿。

在幼儿园的外甥陈家庚是板凳上的毛刺，坐不了几分钟就会让老师心烦，并且能从老师的眼皮底下溜出去。3 岁的外甥陈家庚从 121 兵团的西头跑到东头，他满世界地打开每户人家的门问：“阿姨，你去深圳吗？你把我带到深圳找我的妈妈吧。”

他的心是荒凉的，但没有一个大人读懂他。

大人们笑弯了腰，说这个孩子挺招人喜欢的。

外甥陈家庚在一年多的时间里跑遍了爷爷奶奶所住兵团的所有人家，谁都知道这个满世界跑的孩子叫陈家庚，是陈强的儿子。但谁都不懂这么一个满世界跑的孩子，他的内心装满了成人世界带给他的荒凉。

外甥陈家庚经常在很晚了还在别人家的房屋间穿梭、游荡。他像个孤独的幽灵，希望在每一家亮着灯的窗户里看到妈妈、爸爸的影子。他的心荒着，总是坐不住，也安静不了。

爷爷奶奶总是颠着老腿到处找这个满世界跑的孙子。他们老了，用尽全身力气都跑不过这个像猴子一样的孙子。他们很难理解，这个满世界跑的孙子究竟在找什么？他才 3 岁。

爷爷很胖，撵着孙子总是力不从心、气喘吁吁，气急了顺手在孙子的屁股上拍上几下。

奶奶不愿意了："老陈，你打我孙子，我就跟你拼。"

外甥陈家庚知道有奶奶护着自己，更是疯狂地把他的脚步留在了石河子121兵团冬天的雪地里，星星点点像奔跑的兔子。

冬天的雪覆盖了夏天的菜园子，覆盖了棉花地，覆盖了西红柿、长豆角、黄瓜、打瓜生长过的地面。那些带着生命特征的蔬菜在大雪的覆盖下，成为白茫茫的世界。3岁的陈家庚是这个白茫茫世界里的幽灵，他奔跑在大人的笑谈中，奔跑在爷爷奶奶的追逐中，奔跑在他需要找寻的幼小的内心里。他内心的空旷比大雪覆盖后的团场更大、更空、更远。

每次妹妹从深圳打电话回去，外甥陈家庚都会喊破嗓子："妈妈你赶快来接我呀。"

外甥稚嫩的喊声在电波穿过的话筒里变得很长很悠扬，在深圳燥热的风里慢慢地成为热气流后面的灰尘。

这些灰尘落在深圳的空气里，被人们再次吸入、吐出。

人们不会记住这个在灰尘的叫喊声里的孩子，在深圳，从外面农村来的流动孩子的声音每天淹没在隆隆的机器声里，谁能听到来自新疆兵团的一个小孩子的声音？

妹妹知道儿子想妈妈，但她的忙碌总会使她淡忘儿子的喊叫声。她想孩子还小，不会懂太多的思念。何况爷爷奶奶带着他，他一定不会受委屈。另外，还没有给儿子创造一个好的生活环境，来了让儿子受委屈。

孩子的想法，大人始终是不会明白的。

从3岁到4岁半，外甥陈家庚从没有停止过自己奔跑的脚步，他在奔跑中把一个叫"思念"的词装进他的嘴巴里，然后费尽心机地去跟爷爷奶奶表达他要去深圳的理由。

2002年，妹妹从生病的婆婆公公手中接过自己的儿子，4岁半的儿子用陌生的眼光很长时间地打量着他的妈妈爸爸。仅仅1年半的时间，父母成了他思念之外的陌生人。陌生的感觉让他叫不出爸爸、妈妈，也让他没有了喊着吵着急切地想来深圳的迫切心情。

外甥陈嘉庚在妈妈的怀里左顾右盼。他期待着什么？渴望着什么？他的妈妈就在眼前，他日思夜想，终于来到了深圳。他们那么陌生，陌生地远离着他的情感。直到他看到妈妈亲着他的小脸蛋一直掉着眼泪，他的小手才有了去擦拭妈妈眼泪的动作。然后他的嘴巴才终于张开，亲着妈妈的脸，叫着“妈妈，妈妈”。

儿子来了，问题也来了。谁带他？

在121团场，大家彼此熟悉得像一个大家庭，外甥陈家庚即使晚上不回家，也不会害怕他被人贩子拐卖了，被谁坏了心眼藏起来了。这种事情不会发生在121团场。但是在深圳，人生地不熟，每个人都在上班，经常有孩子有家人看管还丢了。

爸爸在深圳宝安区的建筑工地做现场监理。妈妈在龙岗一家酒店做主管。爸爸住工地，妈妈住酒店宿舍。一周爸爸才能回来跟妈妈见一次面，在妈妈的宿舍。

酒店人来人往，都是外地人，谁放心把4岁半的陈家庚放在妈妈的宿舍一个人待着？

4岁半的外甥陈家庚，只能暂时和姨妈住在一起。姨妈住着集体宿舍，在电视台的四层楼上。四层是宿舍，下面三层是办公楼。姨妈可以在上班时间兼顾看管外甥。

外甥白天的时间是看电视和新版的《西游记》连环画书，有 60 本。陈家庚不识字，但能看懂书中的画。电视里放着六小龄童版的《西游记》，外甥看完电视，再看连环画。他一个字不识，但能复述出故事的内容。

晚上回家，姨妈把准备好的墨水和纸片放在桌子上，让外甥站在边上，告诉他，我们每天晚上都要学习汉字。有些汉字他已经会说出来，但是不认识。就像他看的《西游记》连环画，能读懂连环画里的故事，知道唐僧、孙悟空、猪八戒、沙僧、白骨精，但是他不认识上面的字。

姨妈开始教学了:学习的方法是，姨妈把汉字写在纸片上，姨妈写陈家庚看，姨妈读陈家庚跟着读。奔跳一次，读一遍，奔跳十次读十遍。

“大、小、人、口、手”，这些最基本的汉字就在一张张纸片上，从陈家庚的嘴巴里，一遍又一遍地重复着、朗读着。

读累的时候，外甥陈家庚就会耍懒。“姨妈，我能不能不学汉字，汉字太难学了。”

姨妈说：“不行，中国人不学习自己的汉字，那你长大了就成不了孙悟空。孙悟空能打败白骨精，因为孙悟空有文化，汉字学得多，所以只要他看到白骨精，就能火眼金睛认出白骨精。猪八戒懒惰不学汉字，他总被白骨精欺骗。”

陈家庚听了姨妈的汉字话西游，一下子来了精神说：“姨妈，我学汉字，我要像孙悟空一样。”

四个月，陈家庚学会了 1500 个汉字，并能用学会的汉字读《西游记》连环画册。之前他看着图画讲故事，学汉字，能把每句话都读出来。会讲故事，也会读会识字，陈家庚成了小字典。

5 岁时，外甥被妹妹哄着送进了全托学前班，妹妹愿意每月花费 1000 元的费用让儿子享受到好的教育，这是对儿子的弥补。外甥陈家庚知道妹妹的阴谋后，嚎啕大哭，死活不进学校的门，他曾经被撂荒的心灵一下子失去控制，抓住妹妹的手不放，好像妹妹又要把他一个人丢了不管。妹妹送了不知多少次，终于将儿子送进了学前班。

在深圳的日子里，外甥陈家庚成了电视迷，所有镜头里亲人间分别的场景，他都会泪流满面，他说："姨妈，我终于知道什么叫感情。"这是 4 岁半的外甥的心里感受，也许他早就想说，但他无法表达。当他能够流出眼泪时，他知道这种能够流出眼泪的心情叫感情。

外甥陈家庚 5 岁半就上了一年级，为了让他早点上学而虚报了他的年龄。妈妈专门嘱咐他，对任何人都说他是 7 岁，要不然学校不会要他的。遇到不开心的事，外甥陈家庚就会拿这件事要挟妈妈："我明天就告诉老师，我只有 5 岁半。"但为了上学，外甥陈家庚从没有透漏一点自己的年龄。他的学习成绩很好，老师也知道他的实际年龄，只是孩子真的很聪明，老师只是说，孩子还是太小了。

在外甥陈家庚上三年级的时候，妹妹因原单位机构改革需要回新疆，外甥只有留在深圳和外婆待在一起。又是老人和孩子的生活。外甥比小时侯安静了，放学后总是跨腿坐在阳台上的防盗网上，遥远地看着一路的行人匆忙地从自己的眼皮底下穿过，他的眼睛里期待的东西总在太阳落山的时候黯然消失。这时候他会不声不响地坐在写字台前做完当天的家庭作业，然后陪着外婆看琼瑶剧《还珠格格》，看小燕子、紫薇，跟着外婆唱着电视剧里的主题曲："你是风儿，我是沙。"

外甥陈家庚从来不说找妈妈的事。

在妹妹离开的一年多里，外甥得了“三好学生”奖，6 岁半时还通过考试拿到了龙岗区群艺馆的小主持人，是参赛年龄最小的一个也是唯一的小男生。母亲节的时候，外甥会把自己攒的零花钱买礼物送给外婆。外婆感冒发烧，他会把毛巾蘸上水，敷在外婆的头上降温，然后去药店给外婆买药。

有时他把自己当作泥鳅满地地滚来滚去，像在旱地上游泳，身上细嫩的皮肤擦红了，而他却满足地大笑。他每天都有规律地安排自己跟外婆下棋的时间、玩的时间、看电视的时间、阅读的时间。

他周末开心地下象棋、打游戏机、听着碟片跳自编自演的舞蹈自娱自乐时，我看到他的眼神里的快乐是透明的、发自内心的。他的眼神里没有 3 岁时的荒凉，没有无助和孤独。他像一条鱼，艰难地学会了在浅水和深水里游泳的整个过程。

我经常在他最开心的时候问他：“你不想妈妈？”

外甥陈家庚会拉着我的手说：“我已经习惯了妈妈和爸爸不在身边的日子，只要有个亲人陪伴在我身边，我就不孤独。”

外甥陈家庚的话像个大人，我不能不感动，不能不欣喜。因为他在成长过程中比我坚强。有时外甥陈家庚会说些让我吃惊的话，他经常拉着外婆的手睡觉，他告诉外婆：“你死的时候，把你的这只手给我留下，这样我就好像每天都看到你还活着。”

外婆疼爱地给外孙说：“好吧，外婆死了把手给你留下。”

在成人世界，我们很少顾及孩子们的感受。我们为生活做的所有努力都在孩子的眼睛里，大人在艰难地为生存奔波，孩子们就这样一天天明白了大人为生活付出的全部内容。

孩子的心跟大人一块长大成熟。

我知道外甥陈家庚是一个阳光的孩子，他比我更早地懂得了什么是心灵的荒凉，但他一路走过来，没有沉默和颓废，他满世界地奔跑，驱赶了一种叫阴暗的东西。他健康地成长着，像自由飞翔的小鸟，他的全部思想在他飞翔的天空里。

如今，外甥已经 17 岁，选择了喜欢的专业上大专，他在自己的路上学习着、进步着。而他的爸爸妈妈仍然在外面的城市忙碌、奔波，还没有停下来陪伴他。

他留守的路在没有父母陪伴的时光里仍然在继续，他的生活仍然在继续。他留守在 121 团场的时间早在他的记忆里成为飞舞的雪花。他在深圳的 13 年里已经忘记了被新疆的雪花覆盖过的荒凉，那些飞舞着的美丽的新疆雪花成为饱满的棉花花蕾。

秋天成熟的季节，花蕾就开始爆裂，然后脱落成棉桃。

雪白的颜色成为一种被冬天覆盖着的温暖回忆。

（本文作者：航月）

我的名字叫“留守”

作为“九〇后”的中国农民工的孩子，中国的城乡差别应该比我的父辈、祖辈时要好吧？但是，中国的“九〇后”，面对父母进城，农民大军向城市化迈进后，留给中国是的一个新词语：留守。

我就是这个被迫经历过在城市流动，又留守的“九〇后”。

我对“农民”这个称谓有思考意识时，是小时候离开农村到城市生活时的一件小事。这件小事，让我的童年过早地有了成年人的哀愁。我的哀愁沿着一条单薄的线条从我的脊梁穿过，我的小小的哀愁里是父母居无定所，在城市里打拼、奋斗，承载了中国所有农民进城打工的全部烙印。

小时候我最喜欢做的事情就是掏鸟窝、捉迷藏、丢沙包。有一次一个大人捡到了一只还在学飞的小鸟，他看到了在旁边的两个小孩，一个是我，一个是我邻居家的孩子。我们两个同时对这只小鸟产生了浓厚的兴趣，都想把它带回自己的家里养着。这时那个大人读懂了我们眼中的渴望，就问我们：“你们妈妈是哪个单位的？”邻居家的小朋友抢先回答：“我妈妈是红星医院的。”我想了半天也不知道怎么回答，因为我妈妈没有工作。我看到那个大人把小鸟给邻居家的孩子时，我眼里不仅仅是羡慕，还在想我妈妈为什么不是红星医院的啊！后来我才知道，原来我们家都是农民，原来农民的孩子跟城市孩子在身份上是“不平等”的，在面对同样一件事情选择的时候，城市户口的孩子在选择上要比农村户口的孩子优越。因为优越，城市孩子天生具有更多选择大学、选择工作、选择美好未来的机会，就因为他们的父母都是有工作的城市人。这个对比，让农村户口的我在少不更事的年龄里有了对城市的逃避。我逃避着一种农村和城市身份的距离，逃避着跟父母对话里的自卑。

新疆的风沙刻画出的是我留守的童年，因为“农民”这两字，我很早就成了流动在城市上学的农村孩子。我是中国 3000 多万流动在城市孩子里的一员，我在城市的出租屋里跟着父母一次次搬家。从小学到中学，父母搬家多少次，我跟着父母转学多少次。我的父母是边二代，在祖辈们支援新疆建设时出生，父母的生活总是围绕着大河铺展开来，建房子、修水库、种地、打草、放羊、拾柴，在那个放眼开来都是农民的时代里，选择去城市打工，无疑是一种另类的选择。凭我对童年有限的记忆，我只能回忆起我是在学前班时来到了我印象中最繁华的城市哈密，城市里有各种好吃好玩的东西，以至于老妈一定要用拖、拉、打的方式才能让在卖火车玩具柜台旁边的我离开。

有了在城市失去选择小鸟的经历，小时候的我最开心的日子就是放暑假回大河农村，因为在大河可以每天去四渠抓鱼，跟小伙伴一起用弹弓打鸟，而每次到了假期结束都舍不得回哈密。这些简单的快乐的农村记忆，成了我小时候最美好的时光。

“户口”这个词我是慢慢在大人的对话中知道的，按我当时的理解认为，只有有了城市户口才能在城市上学，农村户口的孩子不管学习好不好，以后回农村都有地种，看来还是农村户口好。我只是单纯地觉得有农村户口好，学习不好还有地种，为什么要改变啊？而选择改变我农村户口的决定是我大姑在我完全没有理解“户口”是什么的时候，她把唯一一个城市户口指标给了我，就为了让我在城市上学方便，不用受到老师和同学的歧视。这个户口指标也可以给我在农村的表弟们，可其他的姑姑都认为，只有我在城里上学，给我最方便。我有了城市户口后，在我每次不好好学习的时候，妈妈就会跟我说："你的户口已经改成城市户口了，你现在不好好学习，以后连地都没得种。"

一个连庄稼地都没有的农民家的孩子，一个流动在城市的有了城市户口的农民家的孩子。有了城市户籍后唯一的方便，就是父母再不因为我每一个新学期的开学，翻过遥远的大山去大河乡开计生等证明。

而我的学习也并没有家长期望的那么好。流动在城市上学的孩子，还在一条懵懂、迷茫、艰涩的成长路上飘摇。我飘摇着我的青春年少的时光，把这些时光放在了网吧，嗜玩成性，学习成绩差，不听家人管教，还离家出走。

14 岁，我被迫选择深圳，是我的爸妈没有一点办法管教我，他们不知道怎么指引我，让我有一个确定的目标和方向。

我的大姑说："现在有一个机会，你可以选择来深圳上学，自己学会管理自己，约束自己，从头学习。这是一个很艰难的新的开始，也是一个重新成长的新的开端。全靠你自己改变自己，塑造自己。"

14 岁，我毫不犹豫地选择了来深圳上学。每一个叛逆时期的孩子，他们更多的是希望别人关注他们，害怕别人说他反常或说他平庸，表面又冷又尖、又酸又疯，其实他们的内心真的只是一个孩子，单纯而又善良。与这个时期的孩子沟通，最简单、最有效的办法就是和他们交朋友，忘记自己所有的身份，只是一个单纯的朋友而已。

深圳的视野没有大河那样开阔，这里挤在一起的高楼像一张巨大的网遮住了我的眼睛，时尚、节奏快是这里浓烈的氛围。在感受了大都市的气息后，我来到了当时被称作"关外"的地方读书。这里少了高楼，多了工厂，而学校干净的环境又与脏乱差的工厂区形成了鲜明的对比。当我意识到我只能在这里读书的时候，我对“城市户口”这个东西又多了一点厌恶的感觉。学校的寄宿制，除了让我对学校多了一份环境优美的喜爱以外，没有其他的惊喜和陌生。小时候在哈密一个人买早餐、午饭、晚饭，到现在学校食堂供应饭菜，我没有一点不适应。对于从小就习惯了独立的人来说，学校的寄宿制是对我自理能力的一种认可。

在深圳的学校生活按部就班地进行着，直到我上了高中，对这个学校熟悉之后，我才发现即使来到深圳，从小城市到大城市，农民工子女对城市的距离感仍然不同程度地存在着。它存在着甩不掉的距离，甩不掉的记忆，甩不掉的尴尬和哀愁。同学们都有手机玩，而我没有；同学们到了周末都有爸妈陪伴，而我没有；同学们的家都在深圳，而我的家却在遥不可及的新疆。原来我在学校是另类，我的名字在新疆叫“留守”，在深圳，我的名字仍然叫“留守”。于是，我慢慢地迷失了，不知道自己选择来深圳是为了找寻什么，又或者是证明什么，就像新疆的风沙将我卷进了无边无际的大漠里，摸不到前进的方向也找不到后退的道路。人选择的初衷是最容易丢失在花花世界里的，所以才会有“不忘初心方得始终”这句话。我们知道选择放弃、忘记初衷比坚持来得更容易，所以在最该坚持的年纪放弃了坚持，从此一蹶不振。我们是不是应该在以后的日子里重拾些什么，在能够悔恨的年纪里选择做不后悔的事情，这样最好。

大学校园里新生的脸上总是挂着好奇与稚气未脱的表情，而谁又能理解一名刚进入大学校门就想去当兵的学生的心情？我从小就喜欢军人那种阳刚积极的生活态度，总是觉得当过兵的男人才最有担当。更重要的是，我想通过当兵改变我对农民工父母经济上的依赖。

2009年12月，18岁的我刚刚过完成人礼，便很幸运地参了军。我的留守人生从当兵的那天开始全部改变，我是一名军人，我的名字不再叫“留守”。

到了部队，班副给我打洗脚水，班长给我铺被子，战友关心我，给我留饭，心里顿时觉得部队真好。但是，没过几个星期，班长、班副都变了，不再是一副好说话的样子。练体能，练队列，检查内务，半夜打紧急集合，打扫卫生要求非常苛刻，地板要用抹布擦，厕所也要用抹布擦。喊口号要有士气，声音不能软绵绵的，每天至少喊七八次。饭前要唱歌，一天下来嗓子一定会喊哑或者出血。现在，我能理解班长的变化，他是在帮我从一名地方青年转变为一名合格军人。我的排长跟我讲过一句话，部队就是打破地方尊严、建立部队尊严的地方，只有具备相当的军事素质，在部队里才会有尊严。当时我们这些从地方去的小青年，个个都热血沸腾，不知道天高地厚，总是觉得自己很厉害，班长文化水平不高，凭什么管我们这管我们那。但是，我们不知道的是，班长在新兵连里，为了不给他的班丢脸，不给连队丢脸，在5公里考核中，由于跑得太猛，不小心摔倒了，整个膝盖血肉模糊，即便这样还是毅然跑完了全程，并获得了不错的成绩。而最后，也由于他体力透支过度，上厕所时，发现尿出来的竟然是红色的血。我们不知道的是，我的班副，拉单杠是个好手，一上杠永远不会低于60个。一次团里组织军事训练尖子比武，连队为他报了名，而当时连队在全团也是出了名的好连队，不表扬那就是批评，这也是当时指导员的老话。这样的情况下，我的班副只能全力以赴，过程我不知道，结果是他拉了100多个，整个手掌的皮血肉模糊。当然，他也是被人从单杠上拖下来的，因为他的手指已经伸不直了。我们不知道的是，所有抽调过来给我们集训的班长，个个都是全团军事训练的尖子。我真的不知道，在这样的班长的带领下，在这样有着优良传统的连队里,他们凭什么没资格管我们,我们凭什么有资格说他们。说白了,我们就是一群没心没肺、不知天高地厚的无知青年。是他们保护着我们这群干啥啥不行、吃啥啥不剩的毛头小子，顶着领导的怒火，不加大训练强度，不被别的老兵班长欺负，让我们有个适应期。他们夸我们，表扬我们，让我们有训练的热情，让我们明白部队是有人性的地方。

在部队，上午用脸盆端粪，下午用脸盆包饺子的事情，一开始我不相信，但是，我经历过了，就不得不负责地告诉大家，此话绝对属实。记得是快要过年了，一个星期六上午菜地劳动，大家都带着脸盆去菜地，面对那一大坨粪时，个个都是一脸苦相，有的觉得臭，有的觉得脏，这时候班长下命令了，要端粪去菜地，看我们还没动静，老兵班长们都做起了榜样，我们也心一横，都端了起来，班长们还故意扯大嗓门说，这算什么，下午还要用脸盆包饺子呢！下午呢，确实是包了饺子，也确实用了脸盆，而且班长还给大家上了一堂生动的包饺子课。

下了连队后，另外一个班长把我挑去侦察班。我觉得这个班长应该蛮好说话，和他扯扯家常拉拉关系应该能促进感情。但是，我发现我错了，我错得很可笑，班长没怎么罚我，念我是初犯，就让全班一起蹲了一小时。很可笑吧，自己犯错，还要拉上别人，这就是部队所谓的“一人有病，全家吃药”的传统，让你知道错误不能随便犯，犯了就要付出很大的代价。我甚至感觉，这比法律的实用效果高多了。侦察班需要的是素质比较全面的兵，班长挂在嘴上最多的话就是：“侦察班永远都是尖刀班，选你们进来是你们的福气，你们不要给我丢了侦察班的脸。”当然，到了这个班里也不能庆幸，因为它的训练也是最累的。晚上要加班到 12 点以后，中午没得休息，周末没得休息，总之，就是利用一切能利用上的时间训练。每个星期最期望的就是周末休息，但是，我们就连这零星的希望也破灭了。有一次，集体在看电影，班长不在，当他回来时，只有一句话："带上凳子回去训练。"我听到的时候真是好委屈，心都碎了。别人在休息，我们在训练；别人在看电影，我们在训练；别人去服务社，我们在训练；别人在训练，我们在更大强度的训练。他没事的时候，还总喜欢打击我们，像每周的考核结束后，他都要问我们考得怎样啊，是不是又进全营前三名了，祝贺你啊，又可以向家里报喜了，反正他们不知道全营一共才 5 个人参加考核，这成绩也确实不错。甚至，连我的存折也在班长那，一个月只发 100 块。经过几个月这种没自由、"暗无天日"的生活，我恨透了班长，他就是个恶魔。当然，他也是个成功的减肥教练，我的体重也由 140 多斤降到了 110 多斤。他也是个不错的理财专家，因为在年底的时候我的个人存款已经达到了 2000 块，当时的津贴是 300 块。我每天在挣扎着，要不要晚上等他睡着了，拿凳子去拍他，来出心中的一口恶气。而在训练的时候，我甚至有想过要用自残来逃避训练。结果呢，很明显，我失败了，没有落实于行动之上。事实上，我是坚持过来了，军事素质有了质的飞跃，因为在一次连队的军事考核中，我发现我的每个项目的成绩都超过了同年兵很大一截，甚至超过了一些老兵，我的自信心极度飙升，连队开军人大会，也高度肯定、表扬了我。其实，在别人羡慕我的时候，我是很心酸的，因为别人没有看到我的付出。奇怪的是，我的心里也有了侦察班，就像班长说的那样，侦察班是连队的招牌，不能毁在他手上，更不能毁在我们手上。慢慢的，我明白了，这叫集体荣誉感；慢慢的，我明白了，班长是不好当的，因为他要对他的兵负责，更要对班级负责。

我的班长是从农村来的，我的班副也是从农村来的，我的许多战友都来自农村。在他们的人生里，军人就是钢就是铁，不分农村和城市。

我选择了从戈壁新疆来到海滨城市深圳，我在父母的思念中留守了11年，在他们的选择中留守了11年。这11年里，我迷茫过、徘徊过、哀愁过、消极过。我很幸运，在我被迫留守、被迫选择的年纪，有人指引，有人引导，有人鼓励，让我茁壮成为一棵自己参照自己的树。

我已经成人，还在留守。作为留守这一群体中的一员，我们最大的悲哀就是在自己能够选择的年纪里不知道如何选择自己将来的路，或者没有人为我们指明适合自己的路。有多少留守儿童在能够选择的时候放弃了机会，选择了一眼就能望到底的生活；有多少留守儿童在不能够选择的时候创造了机会，为自己开辟了一条道路；又有多少留守儿童以自己10年甚至20年的时间作为筹码换取那一次宝贵的选择机会。

中国的留守儿童，在远离父母陪伴的日子里，如果能幸福地走向一条健康成长的道路，请给他们一盏能照亮黑暗的灯，让他们看见什么是光明，什么是他们内心成长的阳光、水分和雨露。

那时，农民工、农民、城市人、留守儿童这些词，都不再是让我们的灵魂生长荒草的称谓。

（本文作者：杭枭）

留守的需求

一、孩子的心声

留守儿童，是在人们的印象中会特别自然地归入到弱势群体的一类人。他们到底有着怎样的心路历程？以下是我个人的理解，是我对留守儿童的印象，不知与现实的状况有没有一点重合的部分。

我从小见到父母的机会很少，爷爷奶奶告诉我父母在外面赚钱，我恨外面的世界带走了父母，电话里冷冰冰的声音填不满我的内心，在我的年纪、我的世界，需要的是能够触碰得到的温度。

后来，我上了小学，父母每个月会给我寄来好多零花钱，给我寄来新衣服，他们还说明年就能回去建一栋新楼房。我在学校成绩很好，老师让我一定要考上大学。慢慢的，我已经习惯忍受没有父母在身边的生活，只是忍受，从来都不会是接受，因为我没有选择的余地。有时候，外界会抛给我一个问题："你想爸爸妈妈吗？"我会低下头，用尽量小的声音说："不想，我还有爷爷奶奶。"其实我只是想骗大家我过得很好，也想说服自己、骗自己我过得很好，但结果连我自己都骗不了，更何况是外界一双双睁得浑圆的眼睛，因为我垂下的头，还有我怯弱的声音。接着，他们会问："难道你不想和父母一起生活吗？"我再也抬不起自己的头，因为豆大的泪珠会把我完全出卖。是啊，难道我不想和父母一起生活吗？这个问题我从来都不敢触碰，当"父母"两个字不再意味着为我遮风挡雨的大树，而只是一种对亲人的称谓，我不敢有太多的想法，那些期待，那些遐想，只会给我带来黑洞般的空虚，像现在这样，蜷缩着蹲在那里，不再理会外界的声音，一动也不动。

上初中之后，我逐渐对生活有了一点自己的理解，我理解了父母在外打工是为了让我在家里的生活过得好一点，因为在外面能够赚到更多的钱。我看到学校有人穿了一套阿迪达斯的套装，简直酷毙了，于是我向爸妈提出了要求，他们马上就答应了，看来我家现在的收入还不错。我能要更多的零花钱吗？试试吧。结果他们又答应了，我的生活越来越舒服了。我还观察到一个现象，老师每天强调读书有多重要，上大学有多重要，有了知识之后我们会有更好的生活，但她现在一日三餐吃得那么差，我发现自己现在的生活水平甚至比老师还要高得多，那我们为什么还要那么辛苦地学习？我以后像我爸妈一样去打工就好。于是我再也不关心自己的成绩，当然，我理所应当地成为了差生中的一员，并享受着我富足的生活。紧接着，爸妈开始不那么喜欢我，经常在电话里讲那些大道理，他们怎么会变成这样，成绩有什么用，我开始与他们争吵。最终，爸妈拿零花钱来威胁我，以促使我恢复以往的成绩。我当然不甘示弱，向他们宣布不再读书的决定，并告诉他们我马上出去打工。

那一年我上初三，下学期还没有结束，我一个人来到广州，开始了我的打工生涯。

二、父母的心声

现在一些父母穷尽自己一生的辛苦，很认真地把自己的孩子毁掉，他们总是想着怎样能给孩子更好的生活，但结果却总遂人所愿。

作为留守儿童的家长，我们觉得自己的失败之处在于给不了孩子殷实的生活，觉得只要赚到足够的钱，就能给孩子一个良好的成长环境，我们也致力于做这样一件事情。于是努力打工挣钱，努力弥补经济上的不足，在拼尽全力之后我得到了我们想要的，能给孩子交学费，能给孩子买新衣服，甚至能定期给孩子一笔可观的零花钱，最后每个月下来还可以有些许存款，后来在老家建起了自己的楼房，于是我们乐此不疲地工作着，对孩子的未来怀揣着满满的憧憬。

但突然有一天，孩子说："我要买一套阿迪达斯的运动装。"我们想了想，我们对不起孩子，没能做到陪伴他成长，孩子的要求我们应该尽量满足，这个要求还勉强可以接受，孩子大了，有一点虚荣心是正常的，于是花了我们两个月存下的钱。又一天，孩子跟我们说："这个月的零花钱不够用了，再打点钱过来。"我们稍微问了问为什么不够了，孩子又说："现在物价都涨成这样了，这点钱一下就花完了。"还是出于对孩子的愧疚，咬咬牙，把已经存在账户的钱打给孩子，用钱来买自己内心的安宁。从此以后，账户里的金额再也没有增加过。

不久之后，接到老师的电话，老师说孩子的成绩最近下滑很快，让我们跟孩子谈谈。我们整宿没睡，想了很久要怎么跟孩子谈，第二天我们打电话给孩子，说了很多大道理，举了很多例子，到最后他说他困了，挂了电话。但他的成绩并没有好转，之后在电话里他的言辞变得不堪入耳，也开始顶撞、反驳我们。我们毫无办法，最后跟他说："你再不学习我们就不再打钱给你！"我们原以为这样可以威胁到他，但得到的回应是："我也告诉你们，我不读书了，你们不给钱我自己去赚！"接着挂了电话。我们撕破了喉咙喊他的名字，仿佛眼睁睁看着他掉入黑暗中，可我们一点也抓不住他。

我们花费了十几年的心血，想要孩子能通过知识走出大山，到头来只得到这样的结果，我到底做错了什么？

三、内心体验

华南农业大学阳光团队都匀平浪“三下乡”已经告一段落，从20号开始，队员们陆陆续续地踏上回家的路，直到今天，坚守到最后的队员也将离开平浪，离开爱笑的孩子们，离开宁静的完全小学。

这一趟于孩子到底有怎样的影响我现在还不敢断定，因为我还不了解孩子们的想法，不知有没有达到我们的预想。但于我们这一队阳光人，绝不会只是一阵风刮过而已，这将是温暖我们一生的一次下乡。

还没有到平浪的时候我们就有一个愿望，希望在孩子们心中种下一粒种子，一粒会结出自信与阳光的种子，指引他们前行在无止境的求学路上，至少是登上象牙塔里文化凝聚的地方，这也是山区罗校长所期望的。所以我们所教授的课程，都是在为孩子们的兴趣开路，有时会出现舞蹈、武术、读书会等多项课程同时开课的情况，全凭孩子们的兴趣决定要上哪一节课，有点大学选课的意味。因为我们在大学里清楚地认识到，人只要身上有一个闪光点，把它做精，之后的路会好走很多。这就是为什么我们希望能培养并让他们坚持自己的兴趣。

就我个人而言，我觉得我们的支教还有另外一个作用，一个我认为更重要的作用——陪伴。这十几天以来，通过走访、调研，我们发现一个与我们的预想不同的点，那就是作为留守儿童的一群学生其实经济上没有我们想象中的那样需要帮助，他们所需要的是精神上的扶持，一种一定形式的陪伴。

因为父母在外务工，他们的基本物资需求可以得到保障，但他们所失去的是父母的陪伴，再拔高一个层次，可以说是一种高于同年龄层的一种陪伴，他们的价值观正在形成当中，他们需要有这样一个人告诉他们什么是对的，什么是错的。

我还记得一个叫泽芸的孩子问我：“他们去河里游泳，我回家告诉了大人，之后他们就不理我了，我该怎么办？”类似这样的问题，他们需要一个答案，一个正确的答案。在没有答案的情况下，他们会变得不确定，甚至对自己产生怀疑，结合对表象结果的恐惧，他们会放弃那些正确的做法，同时也放弃了正确的价值观，这样下去对孩子们的成长将造成难以逆转的挫伤。所以我们这段时间的陪伴就体现出了我们真正的价值所在，我们与孩子们一起运动，告诉他们作为一个年轻人需要有怎样的活力；与孩子们分享我们的故事，告诉他们能上大学有多么幸福；与孩子们心贴心交流，告诉他们只要努力，他们的未来会多么精彩。

我觉得我们可以作为他们一段时间之内的标杆，所以我们也特别小心地注意自己的言行，毕竟我们的一举一动孩子们都看在眼里，我们要为孩子们的成长承担一份小小的责任。

虽然离别在即，我们也做不到完全抛下这群可爱的小精灵，我们将借助网络为他们提供持续的陪伴，希望能给他们以持续的温暖，用行动告诉他们，我们这一群大哥哥大姐姐一直都在，从来都不曾离开。也希望他们自己能学会坚强，他们的明天将会浪漫得和我们一样。

或许有很多父母没能理解这样的陪伴有怎样的作用，孩子也不会意识到他们在精神方面的需求，但在孩子成长最重要的时期，这样的陪伴可能真的意味着他们能不能成为一个拥有正确价值观的人，而这一点将是决定孩子发展的整个大方向的因素。

（本文作者：鑫磊）

留守是一种认识

在去平浪下乡之前，留守儿童只是我脑海中的一个概念，从未接触过留守儿童的我只能通过报纸和网络获取一点点有关他们的信息。孤独、自卑、厌学、情绪不稳定等一切负面形象都被安在这些孩子们头上，仿佛他们就是一群有着许多问题、急需社会资助的群体，他们的形象也就这样被社会定型了。

但现实呢？现实就是，留守儿童也是一群活泼天真、热爱学习的孩子，当我们抛去脑海中所有的固定形象，走近这些孩子，或许我们才能发现这群坚强的孩子的真实情况吧。这次暑假下乡活动，虽然我们所有人都希望能为孩子们做点什么，并为此付出了十二分的努力，但是我们从孩子们身上学到的却可能比我们带去的更多。

怀揣着希冀与不安，我们团队踏上了去往贵州的火车，虽然我们都绞尽脑汁地准备了很多，但是第一天的见面会，孩子们就打了我们一个措手不及，活泼好动的他们让我们之前的一些不安都消散了。他们之中不乏多才多艺的角色，这也让我们的授课压力剧增，那时的他们给我的感觉与城里的孩子并无二样，可能还会更活泼些，就像是带有一种“野性”。

在接下来的两周时间里，我的身边就像有很多小精灵在飞舞，活泼乐观，他们仿佛让周围的空气也充满了欢快的味道。孩子们的世界总是那样童真而简单，如果我们能走进他们的世界，或许我们也会插上翅膀，与他们一起嬉戏遨游。我想我永远都不会忘记那个与他们一起玩泥巴的下午；我想我永远都不会忘记他们那一张张哭泣得让人揪心的小脸；我想我永远都不会忘记背着他们时他们的笑声。太多太多，多得我恨不得飞回他们身边，给他们一个惊喜。可是，我明白，我们还是得踏回自己的生活轨迹，因为我们各自有着孕育我们的故土与我们最爱的家人，我们生活的故土终究不一样。生活也许就是这样无奈，但我一直在回想着我们的两周，也在思考着我们所做的一切。

回到城市，回到家里，当我静下来思考的时候，我们所有人一直在思考的问题又再次占据我的脑袋。虽然每个白天都很充实，也很尽兴，但是一到晚上，疲惫的我们总会有一种困扰——我们的活动究竟对不对？这个问题一次又一次地冲击着我们，因为我们越是与孩子们接触，就越发现孩子们身上的各种优点，我们就越对自身有一种无力感，我们能做的真的真的太少。虽然比较乐观的我总是会安慰大家，但是我也在思考，也在困扰，我知道如果我们每个人都陷入了困扰，总得有一个人站出来鼓励大家，推着大家继续前进，当一切成为事实，这些困扰却会再次袭上心头。通过家访和平时的接触，我才知道，留守儿童并不都是网络上描述地那样贫困，他们更多的是精神上的那一种匮乏，爸妈不在身边，精神支柱和家庭教育的缺失致使孩子们缺乏关怀，这种情况会随着年龄的增长一直沉淀。外表的乐观开朗只是孩子们的天性使然，当他们遭遇成长的困扰，以往沉淀下来的情绪就如同洪水一般倾泄下来，最终淹没他们自己。

下乡活动的局限性并不能很好地解决孩子们心灵上的问题，相反可能带来二次伤害。短短的两周时间，可能在刚刚与孩子们正式建立亲密关系时，活动就戛然而止，大学生们因为种种限制没能留下太多的痕迹就踏上归程，带给孩子们的可能是伤害而不是美好的回忆。幸运的是，由于老师和校长的支持，我们团队能做得更多，虽然我们所做的改变还不够也不够成熟，但是最起码我们在尝试着改变，我也一直对自己说：不管我做或者不做，现实依然存在，不会因为我的放弃而发生改变，抛去各种顾虑，我努力了总比不努力好。

有对比，理解才会更深刻。看着城市里的孩子，总觉得他们与山里的孩子有点不同，或许就像爸爸小时候一样，在田野里奔跑的孩子比在钢筋水泥里徘徊的孩子，会多出一种野性，一种率真自然。我最羡慕孩子们的是，他们总是会成群结伴地在田野里嬉戏，他们有自己的小伙伴，有自己的游戏，而像我这种城市孩子，我的童年或许只是那些缺乏生气的玩具或者一些兴趣班，更不要说现在学习压力越来越大的城市孩子了。虽然城市带给我们便利，却也让人们多了一些隔阂，包括空间上的和心理上的，而山里孩子们的自由是城市孩子难以体会的。所以，看着那些穿着漂亮衣服的孩子，我就有种看着被精心照料的宠物的感觉。但同时，留守的孩子们承受的可能更多，与城里孩子们的任性和依赖不同，留守的孩子们身上有种与他们年龄不相符的成熟，他们脑袋里思考的东西比我们所认为他们应该思考的东西复杂得多，这也造成他们有时会过于敏感，对自己身边的亲密关系有种过于敏感的感觉，这也也源于他们缺乏关怀的现状。孩子毕竟是孩子，他们总善于享受快乐并暂时忘记不快，只有当他们快乐地玩耍时，我才会在他们身上发现属于他们这个年龄段该有的特质，这时我的心就会有种隐隐作痛的感觉。本该无忧无虑地享受童年的孩子们却要经受这么多的事情，他们身上的成熟感是一次又一次的经历换回来的，迫不得已的成长。这时，我也发现他们对亲密关系的依赖感，他们很轻易就能感受到别人对他们的关心和爱，他们也很珍惜别人对他们的关心，于是他们就有种强烈的依赖感。或许，抛去他们成熟的外表，我们才会发现他们孤独和渴望关爱的心。

我想念孩子们了，与他们玩耍时，他们总能让你变成他们中的一员，让你无忧无虑地一起玩耍，他们习惯于结伴，习惯与小伙伴互相支持。而城里的孩子，他们更像一个一个独立的个体或小团伙，缺乏更多的与同龄人的交流，或许这就是城里孩子的无奈。想到这里，我有种恐惧感，就这样灵动的山里的孩子，他们的这种灵气可能会随着成长而消逝，他们的成长更为艰苦和折磨，他们可能会因为缺乏指导，最终走上一条不归的路，这种可预见而不可改变的未来让我有种深深的恐惧。

留守孩子们光明的未来究竟在哪里？我们团队的到来真的能让他们以后“一路有阳光”吗？我不确定，我唯一可以确定的是，我们会有越来越多的人为之而努力，阳光团队，加油！

（本文作者：罗应楠）

黔南大山守护着一群精灵

青山连着绿水，绿水绕着青山，洁白的云朵飘过，暖阳穿透几缕炊烟。溪边的老树郁郁葱葱，一丝晨风拂来阵阵稻田早露的新鲜，站在田垄之上，眺望着这葱翠的稻子，努力呼吸着泥土的芬芳，尽情地享受着这份清晰宁静的时光。

初到黔南，清新的空气，甘甜的山泉，清澈的溪流，洁白的云朵，俯仰之间的风景都让我感到满足。在繁华的城市待得太久，容易忘记大山的模样，心中微存的安宁也会因为车水马龙的喧哗而难得坚守。我追寻着山风的脚步，触摸着大地的影子，吾生须臾，我始终不愿交付喧哗。翻过群山，穿过隧道，当我踏入黔南的土地上的时候，我感觉到此程终将为我记忆的夜空增添许多繁星。

经过几十分钟曲折蜿蜒的盘山公路，浓郁青葱的山林田垄间掩映着一条清闲的街道，街道上散落着几家店铺，零星几个路人途径店铺进出巷子。转过街角的一间杂货店，迎面见到巷子那头是一扇大门，门楹上几个黄灿灿的大字“都匀市平浪完小”在少先队红色火炬雕塑的映衬下格外醒目。而在接下来的十几天中，我们的故事就从这里开始。

翻出开班第一天的视频和照片，我感觉到这群孩子们的灵动简直超出了我们来之前所有的设想，而恰是在他们面前，我们这一群大孩子却显得拘谨和害羞了。他们的天真与灵动一下子就打动了我，眼前所见到的情形似乎就根本无法与“留守儿童”这个词联系到一起。他们就像来自森林深处的精灵，来自蓝天碧水间的天使，让我们这些充斥着大都市繁华与嘈杂的心得到沉淀和洗涤。

沐浴着来自黔南青山绿水间纯洁无瑕的阳光与欢笑，我们在传播爱的同时，也在被爱包围着。这是一种可贵的幸运，来自黔南山区的孩子们。

看着这些活泼可爱的孩子们，我似乎从他们之中看到了我自己。小时候的我，也和他们一样吗？之所以有这样的想法，是因为我也曾经留守过。小学三年级，不满 10 岁的我就开始了留宿学校的生活，而早在三年级之前，记忆中的爸妈就经常为这个家而走南闯北、羁旅漂泊。那些记忆里的时光就如同晚阳一抹，微微的温暖中却闪透着丝丝冰凉……那时的我在学校也和此时的他们一样，有玩伴，有欢笑，有时也会有委屈，有思念。

记得当时村子里的小伙伴们，大多和我一样有着一段留守生活的童年。可是每个人的成长终归会有属于他自己的道路，和我一起上小学的 11 个小孩，在初中时就只剩下包括我在内的 3 个人。其他的人或是因为家庭环境的影响过早地承担起持家重任而辍学打工，或是因为课余生活的孤寂无奈而早早丧失了继续求学的热情和欲望。我曾自问：也许留守儿童就终该孤僻寡欢？难道他们就真的只能沉浸在内心的阴影中难以打开心扉？我想不是的，这不是他们的宿命。在性格塑造的黄金时期，他们最需要的是一种指引和鼓励，需要一个可以给予他们希望的人去指引开导他们走出自己的内心，寻找并享受生活的愉悦和快乐。

下乡的时候，我负责拍照和录制视频等宣传工作，每天的拍照和录制 DV 成了我和孩子们接触的日常模式。整理照片时，看着一张张被定格的笑脸，一个个古灵精怪的动作，便不由得回想起那些和孩子们相处的时光，每一天都洋溢着欢乐与感动。清晨见到他们的第一眼就是那么富有朝气，他们的嬉戏打闹，他们的激烈争论，他们的歌唱舞蹈，都像电影胶卷一样不断在我脑海中闪现，一幕又一幕，一场又一场。

11号上午，在林老师的一节有关想象力和创造力的课上，让我再次见识了孩子们的机灵聪慧。“两条线段，两个圆，两个三角形，可以构成什么图形？”这个可以出现在大学讲堂上的问题，在一间山区小学的教室里竟也能收获颇多惊喜。当可爱的孩子们把自己的成果展示分享给大家时，我着实有点惊讶了！有从蝴蝶结、铅笔、钟表、灯笼，到帐篷、沙漏、天平秤，甚至飞碟、火箭、太空车等诸多令我意想不到的结果。在那一刻，我顿时觉得自己面对这些富有创造力的孩子们时，甚至有点自愧不如了。他们真是一个个来自山间的精灵，纯天然没有受到丝毫沾染而保持着最质朴、最纯洁、最真实的精灵。他们的视野并没有被大山阻断，他们的心也随着对知识的渴望而飞出了大山。

一天天的相处，我们彼此渐渐熟识，从最开始孩子们口中的“老师”变成后来的“哥哥姐姐”，其实我们都明白，大家都已慢慢成为彼此的玩伴，要好的朋友。当我感觉到他们从最开始面对镜头的害羞到后来看着镜头的无拘无束，我的心中已是阵阵暖流。当我走进教室，当我拿起镜头对着他们，当他们看到我即将按下快门……清澈的眼神，无邪的笑脸，搞怪的造型，还有那不时听到的“晨哥，来一张……”我的喉咙几乎哽咽，我盯着取景框，我近乎疯狂地按下快门，尽我所能的把这些场景定格下来，生怕一眨眼就失去了那一张张动人的镜头，那一幕幕温馨的画面。孩子们真的是太质朴、太活泼、太可爱了。

在和黔南山区的孩子们相处的那些天，是我这个暑假最充实和开心的时光。临别时，我再次穿过那条巷子，再次经过那条街道，眼前的景象都已变得那么熟悉，那么令人回味。跨过镇子上的古桥，就越过了小镇的边界，我们就要离开了。站在桥头，天气晴得正好，洁白如雪的云朵在湛蓝的映衬下显得有些刺眼，河水依然是那么清澈，悠悠地沿着山脚流去。再呼吸一口平浪的清新空气，再看一眼都匀的青山白云，流水悠悠，烟岚缕缕，最后一次享受黔南的天光水色。情谊话不尽，不忍终离别，和孩子们相拥，与玉米稻田挥手。谢谢你！黔南，是你的崇山孕育了良田千顷，是你的峻岭守护着一群精灵。

回到学校的火车上，我们把座位让给了一位同路的带着三岁孩子的老爷爷，不为别的，只因那小孩也是黔南的精灵。到学校的时候，我把孩子们的照片洗出来一些。当我看到照片的第一眼，几乎落泪。融入了感情的照片才称得上摄影，看着照片里孩子们不加修饰的笑脸，我的思绪似乎又回到了黔南山区，又和孩子们在一起了。

蝉鸣鸟啼，柔水淙淙，鲫鱼浅跳回游，消失在嘚嘚的马蹄声中。徜徉在这温馨与宁静之中，我的思绪从现实挣脱，又回到现实之中。回想这番行程，也许是机缘巧合，但我更倾向它是冥冥注定。我来自崇山，又终归峻岭，是大山的包容陪伴着我走过了孩提时光。现在慢慢长大，我想我还是愿意回到大山的怀抱中去，也正是因为有着一种特殊的情愫浇灌着我成长，面对山川河流、草木虫鱼，我的心才得以恢复宁静。

也许在多年以后的某个时刻，我还会想起黔南的那群孩子，还会想起黔南的那群精灵中也曾有我的影子。

（本文作者：赵晨）

留守的无奈

2014年7月，我参加了对我来说很有意义的一个暑假经历——“三下乡”活动。自从我上大学，贵州、都匀、平浪对我来说都是最熟悉又陌生的地方，因为我只有十几天的假期时间会回到这里。这个暑假我和我的11个队友们来到我毕业八年的母校平浪完全小学，进行支教活动。我们的关注对象——留守儿童。

我看到家乡房屋的变化，原本还暗暗高兴说家乡慢慢变好起来了，而当我们接触小学的老师，与老师们谈及到孩子们的教育问题时，严峻的教育现状让人心里沉重得说不出话来，老师们眼里的无奈，孩子们眼里的迷茫，惨白的分数让在我心里为这些孩子们焦急不已。是什么影响了这些偏远山区农村的孩子们的学习？该怎么拯救孩子们的未来？

为了能了解到家乡孩子们的真实情况，我有幸与老师一起去孩子家做家访。与孩子们谈及学习成绩，孩子们都用沉默无声作为回答，当询问他们以后想要去做什么工作时，很多孩子迷惘的眼睛里只想到和父母一样外出打工。我不住地问同去走访的老师，现在学校的留守儿童有多少，老师无奈地说留守儿童可以占到全部学生的70%。这个数据无奈地透露着一个信息：在贵州这个劳务输出的大省，多少农民工为了多点收入养家糊口，把多少缺乏关爱的孩子留在家里，孩子们的学习与成长便缺乏了父母的参与。

家访到的孩子便是10个孩子中有9个父母外出打工，孩子见到父母的时间只有过春节的十几天，没有文化的父母也不知道怎么关心孩子们的学习情况，只能用殷切的期待“好好读书”规劝孩子，而调皮又缺乏关爱的孩子用叛逆的心去抵抗学习，不能理解父母的苦心。

在老师那里我还知道了一个最为严重的事情，那便是孩子一上初中进入青春期后，原本学习成绩不错的孩子也会变得叛逆，成绩一路下滑，到初三能考上高中的学生越来越少，甚至有些孩子连初中没上完就去打工了。我无言地心痛着，因为我明白一旦孩子们去打工，这辈子就再也不会去上学了，离开了学校，曾经满怀梦想的孩子便失去了再去追梦的翅膀，和父母一样打工。最主要的是他们对未来将更迷茫，不知道怎么去弥补心灵渴望爱的需求。最怕的还是冲动的孩子们走上犯罪的道路。

记得家访的孩子里，遇到一个最为让我欣慰的10岁孩子，当说到想不想爸爸妈妈这个问题时，他腼腆地笑了笑说：“想，有时候就拿着爸爸妈妈的照片偷偷地哭起来。”可是他说他会照顾好自己，好好学习，让爸爸妈妈在外面好好挣钱还债务。心疼他的早熟和对父母的理解，更希望他健康地成长，以后能勇敢地坚持去追求自己的梦想。

2014年7月11日，我很幸运地与平浪中学的老师们一起去家访我的母校平浪中学的一位中考生，在短暂的家访时间里听到了这样简单却透露了深藏着的心声的对话，我无法不记录下来。

和他这样简单的交流透露出的信息却让我觉得心情沉重。这样一个安静的孩子，他的内心是怎样的世界。孤单？缺乏爱？脆弱？苍白？我不知道我能做什么。想到在贵州，在都匀，在我的家乡这贫困的山区无数和他一样的留守儿童，我能为他们做什么，我心里发出一个声音：帮帮这样的孩子吧，多些心灵上的关爱给他们，帮助他们建设强大的内心去面对生活。

留守儿童，想到这个和有父母陪在身边的同龄孩子一样天真烂漫的群体，因为父母不能陪伴，他们注定在学习和生活上过得更辛苦一些，需要社会对他们多些关爱，父母也要多些陪伴在他们的身边，教诲他们怎么去独立生活，坚强勇敢。孩子是家庭未来的希望，家庭经济固然重要，给孩子家庭的温暖，呵护孩子的成长让家庭和谐才是更为重要的事，父母们常回家看看孩子吧！

留守儿童——孩子们被迫地变成一个弱势群体，父母们为了他们有更好的物质生活，为了他们的学费，为了有一个好点的房子可以住，为了生活条件好一点，背井离乡地去沿海地区打工，留下年幼的孩子守在家里。而一些孩子生活条件变得越来越好了，可是内心也变得越来越脆弱，他们对周围的人际关系很敏感，内心感到孤单，渴望有人去理解他们的内心，能给他们帮助。其实也许他们最需要的是心灵的陪伴，是让自己内心感受爱，是引导他们去懂得父母辛苦的爱，学会积极地面对生活的现状，寻找合适的方法，比如用多打电话和父母说心事之类的方法去缓解对父母的关爱的需要，积极地去交朋友，学会独立解决问题。同时也希望父母们多关注孩子们的内心世界，积极地与他们沟通，给他们鼓励，告诉他们去打工的原因，理解孩子。这样留守的孩子们能收获到更多正面的能量去构建自己强大的内心。

（本文作者：吴泽苓）

人生中的第一次体验

经过了二十多个小时的硬座颠簸，又坐中巴欣赏了一路贵州山区的美景，我们阳光团队“三下乡”贵州小分队一行人终于到达了本次下乡的目的地——贵州省都匀市平浪镇，到住的地方匆匆放下行李后，我们便来到了本次下乡的主要工作地点——平浪中心小学。

刚到校门口，就见暑期值班的李老师满面笑容地向我们走来，说着“欢迎，欢迎！”然后十分热情地带我们参观了教室、教师办公室还有会议室，并跟我们讲了一下这个小学的基本情况，之后大家一起来到了操场。就在此时，我们看到一个微胖的男人向我们走来，然后老师介绍说这是他们小学的校长，当时我们都一阵惊喜，因为校长之前说有事来不了，没想到还是赶来了，真是让我们很荣幸啊！

从到达的第二天，也就是 8 号开始，直到 20 号，我体验了人生中的许多“第一次”，懂得了留守的概念和体验了留守儿童的真实生活。

一、互助篇

其实这部分我主要是想讲孩子们和我们的故事，这主要体现在我们给他们上课的过程中，而我之所以称为“互助”，是因为我相信双方都有从对方身上学到些什么，虽然我们是授课主体，但知识却完成了双向传输。我们主要安排了手语课、英语歌教学、手工课、武术、舞蹈以及舞台剧、地理课和读书会，都是一些非常规的课程，旨在拓展孩子们的知识面，发挥孩子们的创造力和想象力，学生可以根据自己的兴趣爱好来选择。之所以避开常规的课程，诸如英语、语文、数学，等等，是因为我们并不想把我们的支教活动办成一个补习班，而是希望能给孩子们一个更有意义的、更难忘的回忆。而另一方面，孩子们也教会了我们很多，他们让我们学到了如何与小朋友们相处，怎样讲授知识会更容易让人接受，怎样调动孩子们的积极性，等等。除此之外，这里的孩子还向我们展示了他们的独门秘诀，比如：有的孩子三、四年级就会做蛋炒饭了，有的人可以很快地爬上一棵杨梅树……这些很多是城里长大的孩子所没有经历过的。

二、调研篇

这次下乡，除了上课，我们还有一个重头戏，就是调研，这部分主要是我和另一位女生负责的。为了让调研结果更加精细，更加具有人情味，也更加突出贵州平浪镇留守儿童的特点，我们没有像以往的大多数调研一样采用派发调查问卷，然后进行数据分析的方式，而是直接进行家访，与当地的留守儿童和家长面对面交流，让他们讲述自己的故事，倾听他们的心声。我觉得这样可以保证我们获得的信息是从被访者的主观角度出发，更多地展现他们的观点，而不是加上我们的看法。我们家访了大概二十户人家，以初中生和小学生为主，这一过程真是让我明白了自己有多无知，以为留守儿童很贫穷，殊不知这些孩子因为父母在外打工挣的比在家务农多，经济条件反而比不留守的儿童要好；以为留守儿童都是问题少年，殊不知他们在小学时期还是很天真烂漫、活泼可爱的，到了初中才渐渐出现各种心理、学习问题。所以这次调研真的是给了我很大触动。果然，实地调研与真实报道对于我们了解现实情况是十分重要的。

三、生活篇

这次“三下乡”真的是我人生中一次很重要的体验，因为在这个过程中我经历了太多的“第一次”，第一次和小伙伴一起工作到凌晨才睡，第二天又七点多就起床；第一次炒菜，结果炒糊了，但大家还是给面子吃了；第一次背着小朋友满院子逛；第一次和朋友盖同一床被子睡觉；第一次去家访；第一次写博客；第一次吃正宗的贵州菜、酸汤；还有第一次当老师给人讲课；等等。这些看似不起眼的经历却会成为我回忆中的闪光点，每一次想起，都会怀念，都会微笑。

最后，我想说，我要感谢这次“三下乡”之旅，感谢平浪镇，感谢那些可爱的孩子和热心的老师、校长以及平浪镇的居民，感谢和我一起下乡的队员，感谢那十几天努力认真的我！

（本文作者：马宁）

留守心路

在贵州都匀平浪镇有许多的留守儿童，由于缺少父母的监管，他们已经成为一个教育难题和挑战。为了更好地了解留守儿童的现状，7 月 11 号，泽苓、张震坤和我三人跟随着初三老师家访了几个初三的毕业生。

被访对象以留守儿童为主。

在家访的几个孩子中，让我印象最深刻的是第一家。荣荣（别名）的中考成绩考得不错，可以上市里面最好的高中了，但让我惊讶的是，家访并不是因为她的好成绩，相反的，是因为她的叛逆。

荣荣小学时还是个乖乖的好学生，活泼开朗，认真上学、认真做作业，成绩也很优秀，但是自从上了中学以后整个人都变了，沉默寡言，不爱说话，不爱交际，警惕性强，如同一个小刺猬一样，把自己浑身都插满了刺，当然，成绩更加是大不如前了。这样的情况发生在叛逆期并不是什么怪事，但事情其实没有那么的理所当然。

荣荣 4 岁的时候父母就离婚了，后来母亲改嫁到附近的一户人家，父亲也再娶了。据了解，后妈生了两个孩子，对荣荣也还不错，反而改嫁到附近的亲妈却从来没有关心过她，荣荣为此一直对妈妈无法释怀。可以想象，荣荣可以从父亲和后妈那里分到的爱本来就不多，加上生母的冷漠，这样的爱的缺失对于一个处于敏感期的孩子来说该是多么大的心理负担？

家庭的阴影加上青春期的敏感，像一朵沉沉的乌云，压在了荣荣的世界上空，压得青春期的荣荣快透不过气了。所幸的是，荣荣有一个积极乐观的奶奶。奶奶告诉我们：“我们一直都让她快乐地学习。”奶奶说这句话的时候笑得特别灿烂，但是我似乎还看到了话语中的惆怅。如果不是父母离异，如果不是缺乏完整的爱，还需要刻意去爱吗？就是为了弥补缺失的那一份爱，所以大人们才需要更加努力吧。但是不可否认的是，奶奶的爱是荣荣不可或缺的支持和鼓励。

除了爱她的奶奶，老师对荣荣的影响也不可忽视。荣荣的班主任告诉我们，荣荣初中前两年非常自闭，沉默寡言，蜷缩在自己的世界里不与人交流，老师因此非常关心荣荣。终于在初三的时候，荣荣走出了自己的世界，开始学习，开始与人交流，开始变得更加乐观，最终也取得了优异的成绩。老师还告诉我们，荣荣主动承诺以后会积极地过好每一天，会乐观地生活。

就像童话故事一样，荣荣的青春期最终有了完美的收场，荣荣慢慢地长大了，和家人过着幸福快乐的生活。

但不是所有的故事都会有完美的结局，还有很多很多的少年在等待着爱，还有很多很多的少年在经历着蜕变，我们希望所有的故事都能得到完美的收场，希望每一次的风雨都可以换来彩虹。

（本文作者：黄丽珊）

体验牵挂

平浪是个（啰喂）好地方（啰喂），自然美景胜天堂（啰喂）……

平浪完小（小呀嘛）小朋友（勒），相处相伴（咿呀呦）得（呀嘛）得两周（勒）……

只有歌声（嘛弯弯）表谢意（那个溜溜），感谢不了（嘛弯过沟）又回城（那个溜溜）……

2014年的7月20日，华南农业大学心理健康阳光团队“三下乡”小分队的12位队员在贵州都匀平浪完小高歌了一曲布依族山歌——《感谢歌》。感谢老师，感谢孩子，感谢房东，感谢了又感谢，感谢过后，此次阳光团队的“三下乡”实践就在孩子们不舍的眼泪中落下了帷幕。

为期两个星期的“小老师”实践，让我经历了很多，也收获了很多。

故事从来贵州之前开始。还没有见到这里的模样，也还没有丈量过广州到贵州的距离，平浪中心小学的校长就已经和我们有所接触了。他带给了我们第一份惊喜。在前期工作时，校长对我们的关心让我们倍感压力，尤其是他的一句话更触动了我：“现在大学生的支教素质在社会上普遍反映不太好。”就是这句话更加坚定了我们要把下乡工作做得更好的决心。当然，并不是因为校长的督促我们才要把工作做好，我们来就是为了把工作做好。

7月7日的午后，我们终于来到了憧憬已久的平浪中心小学。董明珠女士捐赠的新教学楼，办公室里齐全的设备，还有各种实验室、电脑室、音乐室，加上宽敞明亮的饭堂。这样的条件让我们吃了个大惊，本以为这里的孩子是贫困级别的，但是我们错了。这里的孩子条件这么好，我们计划中要给他们的东西或许他们已经不需要。这无形中给了我们新的压力。

7月8日正式和孩子们见面。他们的表现证明了我们的压力是正确的。孩子们拥有良好的素质，他们比我们懂得环保，他们有广泛的爱好，喜欢打篮球、乒乓球、羽毛球，唱歌、跳舞、爱弹钢琴，爱唱他们的布依族山歌……当问到他们擅长什么的时候，孩子们的回答更是踊跃，英语、舞蹈、唱歌……孩子们这样的表现让我们怎么能没有压力？

从7月8日到7月20日，我们和孩子们上演了一出让彼此都难忘的属于我们的故事。在我们团队的努力之下，孩子们从一开始的观察和抗拒状态，慢慢地接受了我们，并和我们融为一体。课后我们一起运动，一起动手做饭，一起谈心。下一个惊喜也是孩子们给我们的。我们没有想来到这里可以和孩子们谈心，听他们诉说心事，为他们解开心头的“结”。这让我们很欣慰，因为我们做到了传授知识的同时丰富他们的心灵。

在常规的课程之余，我们还进行了留守儿童的调研工作，调研的主要方式是家访和与学校的孩子交谈。调研的过程中我们又被惊到了，这里的孩子大多是留守儿童，留守不一定是父母双方都外出工作，更多的家庭是父方或母方其中一人外出，另一人留在家中陪孩子，那些双方都外出的基本都是由孩子的爷爷奶奶或者外公外婆照顾，也有一些是寄居在亲戚家。

调研发现，留守的孩子存在很多的隐患。那些由爷爷奶奶、外公外婆照顾的小孩，容易被过分宠爱，很多比较娇气，或者在人情世故方面懂得太少；那些由父母其中一方照顾的孩子，由于长期与男性或女性生活，部分存在女生男生化，或男生女生化的情况。而那些寄居在亲戚家的孩子更是让我们心疼。用寄人篱下来说他们是过分了，但是毕竟是寄居他家，毕竟是没有父母在身边，孩子多是偏向敏感和自卑。除了和孩子们的交流，我们还把调研对象扩大到老师，从老师那里我们了解到这里的孩子是穷，但是他们不是物质上的穷，而是精神上的穷，他们缺乏爱，缺乏关心和鼓励，缺乏理想和目标。虽然已经了解了孩子们多是留守儿童，但是老师的话让我们更加痛心。

图书馆是又一个惊喜。平浪中心小学的校长是一个纯粹的文化人，他通过在博客上的呼唤募捐到了两万多册的图书。我们此次下乡的目的之一就是整理从全国各地捐赠来的各种书籍。在小伙伴们的努力之下，分类，装书架，上架，登记输入数据，繁杂的图书馆的整理工作终于在 7 月 22 日完成。

课程结束了，图书馆的工作完成了，调研也告一段落了。希望我们的到来是有意义的，希望这里的孩子可以越来越好。

（本文作者：黄丽珊）

体验成长

2014 年 7 月 7 号，我带着忐忑不安的心情踏进了都匀火车站。7 月 21 号，我却带着不舍的心情再次踏进都匀火车站。两个星期的下乡，让我看到了许多，体验了许多，学会了许多，让我交到了许多朋友，留下了许多回忆，也让我的心留了一部分在贵州这块美丽、纯净、朴素的地方。

这次是我第一次与同学一起从构想、策划工作，到实施计划，面对困难。这是我，也是我们一起面对困难的经历。这让我们变得更成熟、更团结。就我个人而言，这次下乡，最大的收获就是学会了如何与其他人一起合作，这里不仅是指与队员们合作，还指与学校的小学生们合作，与老师们合作。

比较令人欣慰的是，我与小朋友们相处得很好。在来到学校的第三天，我就发现我比想象中更喜欢这群小朋友。虽然他们上课很调皮，甚至不守纪律，但在课下他们跟我们都相处得很好，他们很主动地与我们交流，与我们一起运动，也很喜欢与我们分享身边的东西，这跟我想象中的留守儿童非常不相符。他们乐观向上，每次与他们一起追逐打闹，我都十分开心，仿佛回到了童年。而在他们身上我也看到与我童年不一样的东西，看到了“〇〇后”独有的风采和面貌。

这次下乡，我不仅与学生们相处，我们还与学校的老师、学校的大厨们一起生活，一起学习交流。这里的老师给我一种很友善、很朴素的感觉。这里的老师是用心教育孩子们，而不是为了升学率。而这里生活的人，比如学校的大厨顺哥以及他的朋友勇哥，他们都待人很好，无论对待像我们这样的陌生人，还是他们的熟人，他们都一样纯朴，不分厚薄。

我记得在下乡的后期，平浪镇里一户人家有亲人去世，整个镇上的人都来帮忙。怪不得这里的学生都那么乐观向上，即使父母都外出打工，但有镇里的人爱护。而在我们城市里，这种现象根本不存在的，什么老人扶不扶、女孩救不救这些看似幼稚的问题都让城市人害怕。在城市与农村这两个地方，引起我思考的就是，到底是不是我们城市人越活越退化呢？

在下乡之前，有位学姐就问我："你下乡的目的是什么？"我回答："体验与成长。"然而她皱了眉头再问我："还有什么吗？"两个星期过去了，我明白了，除了自己的体验与成长，更重要的是帮助山里的孩子们学到东西，帮助他们成长。这是许多"三下乡"队伍以及我一开始都不明白的、没想过的。这次"三下乡"，不是为了我们自己的成长，而是为了孩子们。每当看到孩子们一点一点地成长，一点一点地变坚强，我都感到十分欣慰。

愿贵州都匀平浪的留守孩子们能够健康快乐地成长。

（本文作者：霍德）

体验陪伴

第一次认识这个黑黑瘦瘦的小女孩，是在我的第一堂舞蹈课上，由于我是第一次给小孩子们上课，我想塑造一个比较严肃的老师形象，所以课堂互动比较少，下课的时候，我问孩子们喜不喜欢跳舞，小朋友们都在点头的时候，只有她摇头。

第二次认识她，是在我给孩子们上手工课的时候，那一堂课的内容是做海报。由于海报比较大张，孩子们如果要在两堂课内独立完成是比较困难的，于是我和欣欣商量之后，选择用分组的形式让孩子们自由组队，由小组共同完成一张海报。由于我有一定的绘画基础，在指导孩子们画海报之后，孩子们都对我表示出一定的羡慕与钦佩之情，时不时就问我："宇华姐姐，这个怎么画呀？"。然后我发现有一个女孩却在一边无所事事，到处溜达，这个女孩就是杨兴颖。我上前跟她聊了起来，她告诉我她不喜欢画画，不喜欢跳舞，和她分在一起画海报的是她表妹，她的小表妹很会画画，画得十分精致好看。也许是和其他小朋友有所对比吧，她对自己没什么自信，我开始安慰她说："你看，姐姐画这个之所以能画得这么漂亮，是因为姐姐经常画画，锻炼自己，我一开始画画也是很不像很丑的，如果你画这个小女孩画了很多次的话，肯定会越画越漂亮的。"不知道兴颖是不是把我的话给听进去了，她开始拿着她的小本子画一些小动物。一会儿她拿过来给我看："你说这两头猪那个比较像猪？"一开始我以为一头是她画的，另外一头是她表妹画的，她想通过我的猜测去获得一种肯定。于是我对她说："两头都很像啊，这个耳朵像一点，另外一个猪鼻子像一点。"结果她说："两头都是我画的，嘿嘿，那我再去补充一下。"没一会儿，她就兴高采烈地拿着她的"杰作"来我这里领"赏"了。

到后来，我知道她不喜欢跳舞，反而喜欢男孩子玩的东西多一点。于是我安排她去跟应楠哥哥练武术，她也学得很开心。而在手工课上，虽然她能画的不多，但是起码她愿意尝试去画去学，而且越来越有"画劲"。

其实留守儿童，特别是像兴颖这样子的女孩，在很多方面都没有其他小朋友优秀，她们不清楚自己的优势，对自己没有信心，想得到赞赏和认可却害怕迎来失望。作为这群孩子的哥哥姐姐，我们一方面要多和她们聊天，让她们敢于说出自己的故事，另一方面我们也要多给予他们支持，让她们知道他们是多么优秀、多么能干，他们能做的远超乎他们想象。

有一次鑫磊和孩子们玩猜谜语，一个叫梁永顺的小男孩坐在旁边发呆，我上前和他聊了起来：

我：你怎么不和其他小朋友一起猜谜语呢？你看他们玩得多开心啊。

顺：我不喜欢猜谜语。

我：为什么呀？

顺：我猜不着。

我：那你喜欢看书吗？

顺：喜欢。

我：那你最近在看什么书呢？

顺：看电子书。

我：在哪里可以看电子书呢？

顺：手机。

我：你现在有手机了吗？谁买给你的？

顺：是姐夫的手机，姐夫下载电子书给我看。

我：哦，原来是这样子，那你最近在看什么电子书呢？

顺：看一个武侠小说和四大名著。

我：那你还记不记得武侠小说在讲什么，能不能给姐姐介绍一下？

顺：他在讲一个人修炼武功，装疯卖傻……然后要去报仇。

我：报仇啊，那如果你是他也会这么做吗？

顺：不会。

我：那你会不会模仿武侠小说呀？

顺：应该不会。

我：那你觉得书里面说的话都对吗？

顺：有些太极端的就不对。

我：那如果哥哥姐姐们开一个“读书分享会”，你愿意上台分享你最近读过的书吗？

顺：愿意。

……

和永顺的短暂聊天中，我发现他和兴颖一样，都有少言自卑的现象。其实他很喜欢读书，只是没看过《脑筋急转弯》这本书，所以和其他孩子比赛猜谜的时候总是比别的孩子慢了一步，便领取不到鑫磊哥哥的奖励，内心产生了一定的无助感，才待在一旁发呆。

如果我们了解到这些孩子们的内心世界，给予他们一定的表现机会，让他们能在小伙伴面前“得瑟”一把，有一定的成就感，相信他们都会变得很活泼开朗可爱的。

还有一点很重要，其实小朋友们都很喜欢读书，他们有自己的兴趣爱好，也有自己的求知欲，如果我们能给他们建立一个公共开放、秩序良好的图书馆（这个也是我们下乡的任务之一），培养他们的读书兴趣，相信他们也会越来越“牛逼”的。

（本文作者：林宇华）

初识留守者

第一次接触留守儿童是在我大学的咨询室。准确地说，对方并不是儿童，而是大学生。那个大学生因为人际关系的问题来找我咨询，但是，45 分钟左右的常规咨询时间里，他谈到的信息少之又少。他说不知道怎么和人交往，所以自己常常感觉不太好，我请他讲得再具体一些，他想了半天，说不知道怎么说，他觉得自己有问题存在，这个问题让他很难受，于是预约咨询，但具体是什么，却讲不出来。

大学的心理咨询面对的是成年或快要成年的大学生，他们基本能够明辨是非，并具有自我思考与成长的能力，能够意识到问题的存在。他们在咨询室里的话语是很丰富的，能够带着自己的思考和问题来与咨询师一起分析。随着谈话不断地深入，他们的谈话出现了层次，往往最后会自己想出解决办法。在这个过程中，貌似咨询师给予的不少，但是实际上咨询师明白，他们才是真正的解决问题的人。“润物细无声”，心理咨询有时候也是可以这样说的。但是，当我面对这位曾经被留守的大学生时，我总是雾里看花，在讲问题的时候，他和我貌似建立一定的信任关系，但是他对外沟通的桥梁或者频道，我根本摸不到。来访者除了讲自己没什么朋友，过得很苦闷之外，再也说不出任何有效的信息，只是抛出一个问题，然后就呆呆地看着我，什么都说不出来。

于是，我尝试着了解他的成长史。他的话依然不多，从字数来看，我问十个字他回答三到五个。当问到他的成长经历时，我终于发现没办法再聊下去的原因。他从小就和爷爷奶奶生活在一起，爸爸妈妈都常年外出打工。这时，我顿悟到一个很有效的信息，便问他："你平时有这样和一个人聊过天吗？"他说没有。我不甘心，想探寻更多的信息，于是又具体问他："你以前和爸爸妈妈有聊过天吗？"他说没有过。我继续追问他，问他是否有和爷爷奶奶就这样聊过天。他说也没有。我再次深入地去问："那你从小到大和爷爷奶奶生活在一起除了吃饭睡觉，还做什么？"他使劲地想了想，呆呆地看着我："没有了。"我继续问："那剩下的时间干些什么？"他的情绪有点激动了："我一个人待在家里,天黑了就爬到床上去睡觉。""睡得着吗？"我表现出了一种关切,他回答："睡不着啊！""那睡不着了干什么。"当时的我有些急切地想去帮助他，所以问得急切。他的情绪一下子低落下来，回答了一句他的口头禅"不知道！"咨询就这样断开了。

当聊天进行到这个程度的时候，我突然觉得词穷。和一个没有什么聊天经历或者说经验的人聊天，对话真的很难再继续下去。就是这样机械的问答式的聊天,对于来访者来说已是罕见。当面对一个完全没有聊天经验的来访者的时候，我太着急，对方却没有回应。他并没有不配合咨询，而是主动预约，但是在生活中他与别人的交流也就是这样的，咨询只是如实地再现了生活中真实的他而已。我们当时的咨询算是失败了，但是这样的失败，却给我留下了很深的思考。当我面对这个大学生做咨询的时候，其实我面对的不是一个心理问题，而是一个社会现实。年迈的爷爷奶奶、外公外婆，他们可以照顾好一个小孩的衣食住行，但是在心灵上面，他们之间可能有 50 年以上的代沟。年迈的老者能照顾好小孩就已经很不错了，很难祈求他们能够在思想上、精神上、心态上与小孩同步。长者的世界随着年龄的增长、病痛的增加只会越来越小，越来越狭窄，越来越闭塞；而小孩，随着年龄的增长，身体在发育，视野一步一步地扩展。他们之间是矛盾的两个极端，但是在农村，却因为上有老下有小的中年人都外出务工，老人与孩子就被生拉硬拽地拴在了一起。

这样的孩子，童年是怎样度过的呢？未曾想，今年的下乡，我们便与一群生活在贵州黔南山区布依族的留守孩子们相遇了。

黔南“三下乡”

1996年始，中央宣传部、中央文明办、教育部、科技部、司法部、农业部、文化部、卫生部、国家人口计生委、广播电影电视总局、新闻出版总署、共青团中央、全国妇联和中国科协14部委联合开展的大学生“三下乡”是指“文化、科技、卫生”下乡，是各高校在暑期开展的一项意在提高大学生综合素质的社会实践活动。活动成员以志愿者的形式深入农村，传播先进文化和科技，体验基层民众生活，调研基层社会现状。通过一系列实践活动以期提高大学生的社会实践能力和思想认识，同时更多的为基层群众服务。

我们这支“三下乡”的队伍是华南农业大学团委组织下，由学生处下心理健康辅导中心的校级学生队伍阳光团队中挑选出来的一支大学生队伍。我们从2007年开始参与“三下乡”实践活动，足迹遍及广东省的很多贫困山区，如惠东、揭阳、阳江等地。今年，能够去到贵州黔南的布依族居住区进行支教，还得归结于我们这支“三下乡”队伍里面有一个女生毕业于那所小学，并且是她们村到目前为止的第一个大学生。现在的农村或山区的学校老师，对于“三下乡”的大学生们，态度也有所变化，从热烈欢迎到了模棱两可，平浪完全小学能够接纳我们，就是因为我们里面有一个当地的孩子，也因为这次机会才让我们在黔南的支教之路变得顺畅起来。

我们这支大学生队伍准备“三下乡”的时候，作为指导老师的我，也在思考一个问题，即希望大学生来到乡村支教，并不是完成一次大学生涯的经历，也不是给乡村的孩子们带去一个梦一样的体验。而应该更多的是为他们带来真正的成长，我们要去发现孩子身上一些闪光的东西，他们骄傲的东西，能够支撑他们成长的东西，给他们带来自信的东西。让他们在困苦的留守生活中，有一些积极的因子存在，这些积极的因子能够促进他们的成长和发展。所以对这群大学生，我只提出了一个要求，那就是我们不能是一阵风，我们要真正促进他们的发展。

怎么促进呢？我又强调了另外一个原则，我们大学生下乡去支教并不是一种炫耀，把自己的优越感毫无顾忌地展示给农村的孩子们。每一年来的大学生都会有变化，但是，我希望有一个长期而稳定的群体能够定期来与他们互动，给他们带来一些外面的世界和外面的温暖。

我们所有的愿望都是美好的，但是，当我们真正地去接触这群孩子，当我们来到平浪小学的时候，我们还是感觉这一切有了些变化。这和我们想象的和预期的有很大的差别，他们身上有很多闪光的地方，值得我们去欣赏，而这些闪光的地方是我们之前都没有预期到的。

“三下乡”初次印象

没有去过山里的人，总是会根据媒体的报道，对山区的孩子有一些成见，很多人认为山区的孩子就是像希望小学的那个大眼睛的姑娘，贫穷、落后、充满渴望的眼神，我们是这样想的，和我们一起来的电视台的记者也是这样想的。

但是当到达完全小学的时候，我们面前是一栋白色的楼房，比旁边的教师宿舍大气很多，新了很多，有专门的化学实验室、音乐功能室，每个教室都有多媒体，学校的升旗台上还有电子屏。

在开学典礼上，我第一眼看到这些孩子时，便发现了和我们预期的差别，有的孩子长得胖胖的，和城里孩子一样，都有肥胖低龄化的趋势；有的孩子全身上下打扮得漂漂亮亮的，裙子和鞋子讲究着搭配；他们手里拿着面包，拿着饮料，见到我们这群大学生之后，会主动问好，敬少先队礼。完全小学的老师在三到六年级的孩子里面，挑选了一部分离学校近，且成绩排名前十的孩子来参加我们的支教活动。

和我们一起去的记者原本预想可以拍到很贫穷的场景，一到这里便傻眼了，怎么报道下去，这么好的小学还需要被关注吗？这里的孩子还需要支持吗？

我们的“三下乡”

我们的下乡课程分为五个版块，有团体辅导、英语教学、地理知识、形体表演、创意思维，不同的课程设置能够让我们发现孩子们不同的方面：

团体辅导课是在团体情境下进行的一种心理辅导形式，它是以团体为对象，运用适当的辅导策略与方法，通过团体成员间的互动，促使个体在交往中通过观察、学习、体验，认识自我、探讨自我、接纳自我，调整和改善与他人的关系，学习新的态度与行为方式，激发个体潜能，增强适应能力的助人过程。我们采取的是一些操作性强、规则简单的方式，旨在更好地了解孩子们的基本情况。

在这个过程中，我们发现大多数的孩子具有这个年龄阶段孩子的基本特点，活泼、好动、反应灵活、好出风头等，但是其中也有一些孩子比较害羞，在小组展示的时候，总是躲在其他孩子的身后，有些孩子的身体语言很贫乏，不能够充分地展示自己。但是他们也知道很多新潮的明星，而这些资料，我们的大学生都不了解，在这个信息化、资讯化很发达的时代，山里的孩子们其实也能够通过电脑、电视和智能手机，知道很多外面的、前沿的信息，但是这些信息的筛选、使用，基本上是无师自通的，没有人给予关注与指导。

现在的英语教育已经从小学开始抓起，第一节课的英语测试便让大学生们颇为吃惊，里面有四、五年级的学生，所以英语水平还是不错的。拿出一首简单的英语歌，同学们很快就掌握了。可见，即使外面的世界离这群孩子们很远，但是在相应的平台上，这群孩子们还是有机会去接触外面的世界的。

很有意思的是，有的孩子对地理课很感兴趣。很多孩子的家长在外面打工，这些孩子也跟父母到过一些地方，从父母的口中听到过一些外面世界的东西，所以孩子们都特别喜欢地理课，特别是提及自己父母所在地时。读万卷书，行万里路，父母对于孩子来说，可以说是整个世界，这个世界离他们很远，所以他们就想多知道一些那里的信息，多一些信息可以让他们感觉离父母更近一些。其中有一个很有意思的现象就是小学生们因为电视媒体的影响，内心的不安定因素还是挺多的，所以当大学生讲到地震等地质知识时，小学生们的发言和疑问特别的多，也很关心应该如何去躲避危险。不断提问的背后是不确定，不确定的背后是担心危险的来临，像地震这类突如其来的危险，在小孩子的内心是很难有一个确定性的，他们富有想象力的大脑会将危险进行扩大，而这个时候，身边支持系统的稳定和亲人给予的安慰，对他们来说应该是最大的保障。

身体与心理是相互联系的，我们可以让孩子们通过多读书、多学习、多做题来提升他们的智商，但卢安克（一个不要一分报酬，在广西支教的外国人）

在一本书中就讲过，小孩子的心智发展并不成熟的时候，可以通过发展他们的肢体语言、发展他们的肢体智慧来拓展他们的自我。我们开设了不少肢体表演课，最后还有一个毕业典礼的大汇演。不知道留守的生活给孩子们带来了什么样的不快乐，这也是他们不太愿意表现出来的，但是愉快的暑假生活还是可以给他们的童年增加不少乐趣的。所以，我们更希望用更多愉快的肢体表演来带活这些孩子们的心灵。

开设创意课是我这个心理老师的主意。因为快要离开了，我希望给这些孩子们留下点什么，而课程进行的过程中我发现孩子们很迫切地需要得到外在的肯定。相对于城市儿童，山里的孩子或许因为电视、电脑等媒体的发展，与外界的窗口已经打开了，但是那些手段都是一个媒介的作用，他们只能被动地接受到一些讯息的轰炸，却没有更多人际交互的方式、实物探索的方式来促进他们吸收外来的讯息，很多讯息对于他们来说，只是一种呈现的形式，并没有吸纳进自己的内心。所以在创意课上，需要他们任意地呈现时，还是体现出了和城市儿童之间的差异性。

乡村的老师们

首先是面对这群留守儿童的教学团体，他们的校长、教导主任、音乐老师、年轻的支教老师。原本以为，我这个来自大城市的大学老师，应该很有优越感，但是面对他们的时候，我却感到了他们的优越感。他们少去了很多城市的浮躁，内心有一种让人羡慕的平静。

为了迎接我们的到来，学校专门安排了老师值班，首先接待我们的是漂亮的音乐老师李老师。她带着侄儿和儿子一起生活，还照顾自己的奶奶。我觉得那俩孩子就像现在很流行的动画片《熊出没》里的熊大、熊二，因为那俩小孩长得特别结实特别的可爱，无忧无虑地总是乐呵呵地跟在妈妈身后。李老师在学校已经教了十多年的书，作为音乐老师给孩子们排过很多年的文艺汇演，大大小小、对内对外、一年一度！李老师本人是一个很美好的人，她说，各种汇演对于孩子们来说，都是一个提高自信、展示自我的过程。她指着文艺汇演的照片给我讲，这群孩子是很可爱的，每年，准备汇演的时候，她和学校的许多女老师就会特别忙，给孩子们做衣服，给他们化妆，每一个孩子都打扮得漂漂亮亮的。当然因为老师人手不够，她今年还要做语文老师，暑假期间，为了更好地配合学校的教学任务，还要到都匀市区培训心理学。

那天李老师专门带我去看学校的旧照片，她非常有感情地从十多年前的旧照片中找到了自己的身影，那个时候，平浪完小还是平房，现在因为董明珠女士的捐助而建成了一栋六层的楼房，原来的小姑娘现在成了这所学校新的守护者。在看到照片的那一瞬间，我便理解了她。她爱这所学校，爱这所学校的一切以及在这里成长的学生们。她没有想过要去到更好的地方，因为她扎根在这片土地上。内心的安定影响了她的儿子和侄子，我从孩子们身上看到了他们小小内心里的一种安定，这种安定在城市孩子身上很少有，甚至说是难能可贵的。

一次偶然的机会，在学校操场上见到了教务主任杨主任，杨主任在这所中小学里面生活了大半辈子，自家孩子考上了名牌大学，而她呢，一年一年在这所学校里面，送走了很多很多的学生。在她的脸上，我看到了一种平静和价值。她在这所学校整整待了三十多年，一年一年重复做着同样的工作，送走了一批又一批的学生。收入很低，付出很多，城市人看来生活是平淡无奇的，甚至平淡得让人厌倦，没有什么金钱，没有什么新奇刺激，但是杨主任淡淡地提到过一句话，他的奶奶也是老师，如果往前追溯，那应该是在新中国成立前。她这个教书育人的愿望也是家族认可的立本方式，所以她很自然地在价值观上接受了这份工作，并且一干就是一辈子。就城里人来看，没有很大的晋升空间，没有太大的发展可能的工作，她就这么做了一辈子，因为她自己在价值观上，在骨子里是认可的。

当然还有三都小学的宋校长，这个面目和善、爱好钓鱼的中年人每个星期奔波于山区小学和家之间，每周骑着摩托车往返几十公里，每次都耗时一个多小时，周一进山，周末骑摩托车回家。他很惋惜地给我讲一个事实，很多儿童跟着打工的父母去到城市，并在城市里读书，但是当他们回到山里时，却完全跟不上山里的教学进度，有些基础不错的学生就这样被耽误了，非常可惜。孩子们需要一个稳定的学习环境，而不是跟着父母奔波，城市的配套设施基本上是服务于城市儿童的，而且在城市人口不断增加的大形势之下，本来城市的教学资源就很紧张，当有一批山里的孩子来到城市的时候，接受的只能是东拼西凑的教学资源，打工子弟学校的老师们在浮躁的城市里面并不一定能踏踏实实地教学，或许只是把那里作为一块跳板。所以，私立的打工子弟学校的老师甚至还不如在山里踏踏实实教学的老师。农村的父母来到城市打工，基本上流动性较大，孩子跟着父母，适应了一个地方的生活方式之后，可能就得搬到另一个城市去，适应另一个城市的生活和学习。一种没有根的状态，动荡的生活方式，使得这些孩子接受教育的水平甚至还不如那些留守在山区的孩子们。山里的孩子跟着打工的父母去到城市，的确部分解决了亲子关系的问题，但是父母忙于工作，忙于生计，未必有很多时间教育孩子，并不是把山里孩子送到城市去，就解决了山里孩子的教育问题。而山里的孩子也需要父母的陪伴，父母又需要去城市寻求生计，这中间就出现一个很难两全的矛盾。对于这些留守儿童们，所幸有一群扎根在山区的老师，他们踏踏实实、勤勤恳恳地待在三都小学这个安静甚至寂静的地方，他们就像一块磁石一样，吸引着一批一批的孩子们。我们也听到很多老师讲，很多留守的孩子，最喜欢的是上学，有的孩子为了上学，早上 5 点多就起床，走一个小时的山路，就是为了早早来到学校，见到比父母还亲的老师和同学们。对孩子们的成长来说，固定的人际关系是他们成长过程中重要的促进力量，父母去到城市打工，远离自己，爷爷奶奶已老，每日都见到的老师和同学，与他们之间的互动和关系的建立，就成了他们的人际关系能力、社交能力增长的重要一部分。

新来的计算机老师李老师，是一个刚毕业的大学生。他跟我提起了一种孤独，这种孤独是因为没有同伴而存在的孤独。小学的教育要得到发展，老师的素质就需要得到提高，想得到提高就需要到经济文化很发达的地方去学习深造，但是学习深造之后，回到山村便会面临很大的落差。并不是任何一个老师都愿意扎根在这么一所偏僻的小学里面。那如何留住一个人呢？完全小学凭借的是老师对这所学校和这片土地的热爱，凭借的是这群老师对这个学校的感情。他们的小学校长是特别热爱这个地方的人。他没有一般校长的那种官气和架子。对于一个校长来说，他手上也没有什么特权可以去要求这些老师们。他甚至很不好意思去让这些老师们做些什么事情。对他来说，如果能够让小学的老师们安居乐业，小学的工作才能顺利开展，孩子们的教育工作才能落到实处。所以罗校长很担心自己某些行为不当而让某些老师不再愿意留在这个地方，他会动用很多私人的能力让这些老师留下来，比如让回城不方便的老师借宿在自己家，又比如让晚上吃饭不方便的青年教师在自己家里吃饭等。

山区的罗校长是一个读书人，他有满满一墙的书，喜欢邀请朋友们、老师们到家里去喝茶，谈天说地，博古论今。他也是一个性情中人，喜欢书，经济不算特别宽裕，每到一个地方，都会专门去逛旧书店。他和投缘的书店老板交朋友，第一次见面就可以拥抱在一起。书店老板摸透了他的脾气，有好书就给他打电话，给他留着。他最得意的事情就是收藏了一些市文化馆老馆长的藏书。令他感到十分痛心的是，当年老馆长收藏这批书，不知道花了多少心血，他的子女却当旧书卖掉了。

罗校长是一个对于山村教育进行了很多思考的人。他有一个很深的思考，就是为什么在小学这么天真烂漫、品性单纯的孩子，上了初中、高中以后很容易走上歧途，做坏事。在贵州山区，很多孩子到了初中便不再想读书，辍学跟着父母外出打工。初中便辍学的孩子，成了山区老师们的一块很大的心病。每年到了升学季，山村的老师们便会走很远的山路十里八村地去找那些初中升高中的孩子们。老师们抱着一个也不能少的心愿，不希望每一个孩子都放弃学业，他们和成绩不好的孩子谈他未来的发展，和成绩好的孩子谈他未来的可能性。但这总是很难。成绩好的孩子往往很懂事，体恤父母的艰辛，想要外出打工。成绩不好的孩子看着父母，没有文化也能挣回来钱，也想要走上赚钱的捷径。这个年纪的他们刚好处于青春逆反期，从小到大，家里人并没有对他们进行太多的管理和约束，而对于他们的成长，管理他们最多的，给予他们更多爱的，是他们的老师，于是当他们有逆反情绪的时候，可以反对的人是谁呢？是约束他们的学校和老师们。所以有时候，孩子辍学并不完全是因为金钱的原因，更多的是想寻求一种情感上的支持。对他们而言，老师尽力分给每个孩子的感情还是不如父母给的来得浓烈，于是他们便怀揣着一个美好的亲情梦离开了学校。当踏上城市的旅程开始寻梦的时候，亲情是在的，但那不再是一个梦，而变成了现实。这也许是他们对亲情过于渴望，也许是受一些客观的经济因素影响，他们能看到的成功的例子就是父母外出打工拿回来的那些钱，建成的一栋栋漂亮的楼房。但是他们没有读太多的书，除去外出打工的父母，也没有接触太多外面的人，能够给他们的立命之法也只有辛苦地打工，出苦力之事。年轻的心难道就只有这样一种发展的可能吗？就业竞争的残酷需要的是有知识有文化的人，否则他们只能重复着父母的命运。我们也和一些外出打工回来的人聊过，当他们意识到外面世界是这样残酷的时候，也未必能够回到学校了。

山里的孩子生活很苦，但是他们有很多城里孩子没有的技能，比如爬坡上坎、飞檐走壁是每天必修的功课，对于他们来说都没有太大的难度。外面的世界很精彩，外面的世界很无奈。当缺乏金钱的时候，如果仅靠自己的体力就能完成，只需要往前轻松地迈一小步便能得手，那人也就很容易就犯错。所以，如果孩子们多看一些书，多一些文化，那或许在迈出罪恶那一步的时候，会考虑很多的因素，或许会想到很多其他的出路，找到可以寻求的帮助。

乡村老师们一直都愿意留下，对于这些孩子来说就是一种最大的精神支持。除了人情的力量，那到底还有什么可以让这些老师踏踏实实、安安稳稳地留在这样的乡村小学里面呢？当然政府对他们还是给予了很大的支持，暑假期间老师们都会轮流出去参加培训。一直待在大山中的这些老师们，他们在言语中总是满满的感恩，感谢国家对他们的支持，感谢外面企业对他们的支持。

我们发现学校的老师们其实已经很有创造性的根据学校仅有的教学资源和自身的能力，竭尽所能地促进学生在德、智、体、美、劳上面的发展。他们的工作是富有创造性的，富有创造性的背后能看到的是这群老师内心的安定。当我们来到这所学校的时候，我们能感受到每个老师对外来客人的欢迎和接纳，她们也渴望与外面的人接触，但是在接触的同时，他们吸纳着有效的信息，并不为外在的世界所动摇，安心地待在这所山村小学校里。

看过很多关于下乡支教的报道，当地的人们对于外面来的志愿者，只有一个心愿，就是希望这些外面的志愿者能够留下来，只有有留下来的心，才会有留下来做事情的状态，有安定下来的状态才能够踏踏实实地做事，才能够真正地教育出一定的成果。老师站在三尺讲台上，除去他所讲的内容，他的精神状态，他一丝一毫的小动作，孩子们都看得清清楚楚，也是有感受的。留守儿童需要的不仅仅是知识的给予，更多的是一个安定的存在，爸爸妈妈已经离开我们了，为了家里更好的生计，为了自己有更好的生活条件。但是如果老师也为了生计离开了我们，那么支教的意义对孩子们来说是正面的还是负面的呢？

“三下乡”的思考

现在中国有 2.4 亿农村人口，为了生计外出务工，来到了城市，把老人和孩子都留在了乡下。对于那些充满朝气、充满希望的留守儿童，大众开始给予一定的关注，但是主要是居高临下地去报道这些农村孩子们的悲惨处境，父母离开之后困苦的留守生活，例如现在湖南卫视收视率很高的节目《变形计》。外面的世界很精彩，外面的世界很无奈，给农村儿童一个非常美好的梦，给他们非常好的爸爸妈妈，非常好的爸爸妈妈善待他们是因为自己叛逆的儿子或女儿在乡下接受改造。然而这样的农村孩子，当他们再回到山里的时候，谁又知道他们心灵发生了什么样的变化？城市那些被过度关注的孩子们，因为面对山村的现实而有了一个转变。那山里的孩子呢，因为城市的繁华，回到了乡村以后就只剩下了强烈的落差，或者一个梦碎的现实。

当然，还有一种对于乡村儿童的关注，对于这群孩子来说，却是致命的伤害，那就是将聚光灯放在孩子们的贫苦、生活艰难上面。于是这群孩子就接受了这样的一个角色定位：他们虽然身不残，但是心残了，总认为自己是弱者，是需要被资助的对象，非常懂得去寻找资源，寻找外在的资金支持，甚至学会了投机取巧。这个时候他们便已经认同了自己是弱者的角色，他们的生活环境是弱势的，但是更加可怕的是他们的精神状态也变得弱势了，不再积极进取，努力奋斗，因为只要展示自己的弱势就可以不劳而获。对于这些山里的孩子，我们又可以做些什么?

如何去关爱这些留守儿童，其实对于我们来说这个命题太大，是一个现实的社会问题。

很久以前，希望工程刚开始萌芽的时候，我们认识了一个大眼睛的女孩，那个女孩告诉我们，乡村是贫苦的，现在，女孩都已经长大了，但是在各种希望工程媒体渲染之下，我们对留守儿童的印象还是没有变，总觉得留守儿童是贫困的。实际上呢？当我们一来到这个乡村，印象便大为改观了，现在随着经济的发展，外来农民工比大学生的工资还高，这是有目共睹的现实。父母都外出去打工的留守儿童，家里都会有一栋崭新的大楼房。父母留在家里，意味着没有什么劳动能力和没有外出打工挣钱的能力，静静守着家门的几亩薄田，那才真的叫入不敷出。所以，双亲都有能力外出打工的，往往家境还比父母留在家里的好。

我们当时也是抱着留守儿童很贫困的一种想法去的，但是当我们第一眼看到当地的孩子的时候，却感觉有点措手不及，和我们自己的预期相差挺远。其中有的孩子已经和城里的孩子一样，跟上了城市孩子发育肥胖的趋势，口袋里总是有钱的，买各种零食往嘴里塞，拿着一升的冰红茶饮料喝个不停，衣着打扮也和城里的孩子没有太大的差别。国家对于这些山区的孩子，支持力度还是非常大的。三都小学的老师讲孩子们都喜欢上学，因为上学了不用自己做饭，学校有专门请人给他们做营养餐，他们每个星期都要杀一头猪，肉根本吃不完。国家作为一个庞大的行政管理机构，对于祖国的未来——这些山区的孩子们的教育和支持，还是非常够的。所以山区的孩子不愁吃不愁穿，也有书读，正如之前所讲的，老师还非常负责。那为什么山区的孩子出去之后，犯罪率就会那么高呢?

当地的老师非常负责，对于孩子们的教育也是尽心尽力，他们想，如果能够引导孩子们看足够多的书，当他们去行动的时候也许会进行更多的思考。希望用读书的方式，让孩子们在书中去寻找到能够和他们进行心灵交流的对象。所以罗校长很感谢外面的善心人，在仅仅短短的四五个月内，给小学捐了两万余册图书。从这一点来说，捐书的设想，从想到做，还是容易的，但是读书习惯的培养需要更长的时间，需要有专门的人进行引导，让当地的孩子们真正地把阅读变成一种习惯与爱好。新书也是种类繁多，有各种类型和各种思想的，也需要老师们进行指导与引导。

怎么样去养成一个良好的爱书看书的习惯呢?归根结底还是得根据孩子们的兴趣爱好而定，用人本主义的观点来讲，就是去发现每个孩子的特点，给予他们相应的书籍，去引导他们，让他们学会和书中的老师交流。当地的老师们非常好，非常负责，但是他们并不是每个人都在工作和家庭之余有更多的精力去看书，他们无力分身去和每一个孩子用心交流。这就需要更多的有知识、有文化的人来引导这些孩子。而这一块，我们华南农业大学下乡的大学生们给罗校长带来了很多思想的火花。我们从下乡的那一刻开始，便在思想上和认知上进行了调整。我们不再以为这些孩子是一无所知的，或完全没有自信的，我们在更高的水平上去引导他们学会学习、爱上学习、爱上读书。

爱上读书首先从整理开始。大学生们带领这里的孩子进行了图书馆的建设和图书整理工作。在大孩子、小孩子的通力合作、辛勤付出下，图书馆初见雏形，我们也通过将课堂内容与图书馆的书本相结合的方式，推荐一些书籍，引导他们有目的地去图书馆寻找一些书籍看。每天下午安排两个学生，为他们成立一个读书分享会，让他们把书中的内容用自己的语言进行表达，进行分享，把书中的内容与书籍带到课堂中，让他们深切地体会到知识从书中来的感触。

关注留守儿童的发展需要从点滴做起，而图书馆这个设想非常具体且具备很强的可操作性。这群大学生来到这所学校的时候，通过自己的言行举止来引导这些孩子们爱上读书，从书中去寻找与心灵进行交流的对象，孩子的成长需要身边有一个走得比他高、比他远，能够与他交流的人，不断地在他遇到问题的时候，和他有心与心之间的交流。

每个家庭都是独特的，会成长出一个独特的孩子。如果一个孩子在成长过程中缺少了成人的陪伴和与他们的心灵交流，那这个孩子到了青春期或者是在进入社会之后，很容易产生些心理上的困扰和问题。每个人的心理成长都有相同的规律，如果幼年时一些心理上的问题没有得到解答，在成人之后他便会一次又一次地通过行为向外在寻求问题的答案。如果一个人在幼年时行为没有得到成人的指导和规范，有可能他成年之后，便会以一种极端的方式或违反社会规则的方式去寻求问题的答案，以达到自己发展的目的。现在很多留守儿童成长到初中便早早辍学，去到社会，其犯罪率和违法率明显高于城市儿童。

每一个孩子的成长都不会是一帆风顺的，他们会在这过程中遇到这样或那样的问题，有些留守儿童之所以走上犯罪的道路，更多的是在小的时候有些问题，当他遇到问题却没有人可以教他、告诉他，也许他也能解决这个问题，但却不知道要遵守相应的社会法则。

如何才能促进这些孩子们的发展？我们可以多一些关爱。在农村，有些父母或监护人，他们的教育能力都是很有限度的。在城市里面，有一些社区社工这类的机构，里面会有一些“爱心妈妈”。当然，如果家庭条件好的父母也可以寻求心理咨询师参与到家庭教育之中。还有很多亲子教育的机构会促进父母去引导孩子的成长。但是在农村呢，当城市的父母已经在考虑如何更好地教育子女的时候，留守儿童的父母还没有能力去思考这个问题。这一切还没有被提上日程。

所以当城市的父母已经考虑完如何教育子女的时候，或者城市的社工机构已经满足城市需要的时候，是否可以有一些机构来到乡村，为乡村的孩子提供“爱心妈妈”“爱心爸爸”！我们有一个美好的愿望，就是希望政府能够像在城市一样，建立一些社工服务，面向乡村社区，向乡村的留守儿童们提供一些心理上的支持与服务。当然，在政府提供支持的同时，一些社会的慈善机构、民间组织也可以相应地去提供一些服务。

对于许多高校来讲，都有大学生下乡支教的活动，但是这样的支教很多都是一阵风，和游击队一样，东一下西一下，孩子们不需要外来人的精彩，他们需要外来人和自己有着安定而温暖的联系，他们不需要被围观，他们需要的是亲人般的陪伴。

这篇文章写于2014年7月，这一年，留守的孩子们，与我们相识。2015年7月，我们再见。

（本文作者：华南农业大学心理辅导中心老师林媛）

我和他们

又一次伴随着夕阳回家，坐在车上看着飞快闪过的人影、树影和带着刺眼落日的余晖，仿佛一切都着急回到开始的地方，人们着急回家，而鸟儿也归心似箭，谁不是呢？毕竟家才是最温暖的地方。

走到楼下闻到了妈妈的味道，熟悉而又慵懒，我知道我到家了。

当你开始吃饭时，当你和父母说笑时，你是否还记得在中国这个发展迅速的国家里还有这样的一群人，他们在社会的底层，但他们又是这个社会不可缺少的一部分，因为他们使得我们的社会得以完整。当他们远离自己的孩子，远离大山后，在别人的城市打工时，他们的孩子就有一个共同的名字——留守儿童。

在2007年时，我们还生活在蜜罐里，家长害怕我们摔倒，家长害怕我们受伤。可是我在相关报道中看到，在2007年5月8日—15日，中国有1.139亿农民工常年流动在城市务工或经商。有2000万不超过十四岁的儿童留守家中。有人在柳沟县做过这样一个调查，每个年级的留守儿童，最高时竟达54.2%，也就是说有一半以上的人都在每晚思念父母、期盼父母的煎熬中度过。他们一遍遍回想着和父母在一起的场景，时而流泪，时而微笑。

在中国有这样的一群孩子，而且为数不少，他们的父母为了生计而外出打工，用勤劳和艰辛获得家庭微薄的收入，为国家的经济发展和社会稳定做出贡献，但他们的孩子被留守在家中，与父母相伴的时间微乎其微。这本是倍受疼爱的年龄，却因困苦远离亲人。

你我在这个城市中过着幸福的生活，而对于这些留守儿童来说是最为奢侈的生活。但我们却不珍惜，我们顶撞、抱怨、嫌弃，讨厌父母给我们的无微不至的爱。

你是否还在为一双阿迪达斯鞋、一部苹果手机，和父母争吵不休？在这时想想那些留守的孩子吧，羞愧吗？他们从不为这些和父母吵架，他们想要的只是父母的陪伴，不是吗？

在我们身边也有这样的孩子，他们与父母相隔甚远，同坐在明亮的教室，可是他们付出的努力是你永远想象不到的。

在我的身边有这样的实例，他是我的同班同学，从初一到初二。他的个头矮小，也许背负了太多父母对他沉甸甸的希望，和对这个家庭早日团圆的期盼吧。

记得第一次见他时，我以为我走错了年级。可是到后来我才知道他是我的新同学，从初一到初二，相处这么久我们的对话竟然不超过十句。他的话十分少，也很少跟同学交流。但是他爱笑，对谁都是以微笑回答。或许是家庭的缘故，这让他多多少少有点胆小。你绝不会相信一个男孩子说话的声音尽然细到像是钢丝划过玻璃。每次上课发言，他都像是在做一次艰巨的工程，先是怯懦地站起来，细细的声音伴随着颤抖从嘴里蹦出一个个生硬的汉字，当他在最紧张的时候，他头上的汗珠掉在桌面上，仿佛可以砸出一个豆大的小坑。每次听到他回答问题，我都在心里为他捏了一把汗。下课时，是班里最热闹的时候，男生攀谈着游戏，女生絮叨着八卦，只有他在这喧闹的声音中显得格外安静。

他是一个类似仙人的存在，安静得让人觉得有一丝寒意，仿佛在这十分钟里只有埋头苦学，才对得起他今早吃过的早饭。

在午休时，你会发现另一个他，他像是一颗子弹，以最快的速度冲出班门，像是要抢什么似的。其实他是在和时间赛跑，他中午的时间异常的紧张，总是拿着一大摞书放在车筐里，可是再看他的书包和他时，你会觉得像是一只蚂蚁在背负比它自身重五十倍的面包颗粒，显得那么费劲。

他住在哈密的西戈壁，每天上学骑自行车来到学校，中午偷偷地吃点自带的午餐。他的午餐是什么？很神秘，我们都没有看到过。他的父母在外地打工，他跟奶奶在一起生活。冬天骑自行车冻坏了手和脚，冻坏了全身。夏天骑自行车晒伤了手和脚，脸上的皮肤。他又黑又瘦。他跟我们的世界不搭边，也不跟我们在一起玩耍。

13 岁，多美好！青春年少，像花朵般开放。他没有青春年少的样子，他在我们青春年少的样子里像一个成年的大人。

每每看到他回家时衣服上那个巨大的汗渍，我心里都是一震。我坐在妈妈的车里上学放学，而他却不得不骑着一辆不算太好的自行车在这条车流多且拥挤的街道上奔波。也只有他，在我们同龄人中更加理解父母的不易，也只有他更加珍惜父母为他付出的艰辛。

这个看起来弱小，而在骨子里又透露出强大的男孩，便成了中国留守儿童的缩影。得知初三时他便要回外地和父母团聚的消息，我心里掠过一丝欣慰。终于等到了，实属不易。

他美好的生活就要来了。

在这个偌大的国家里，有着这样的一丛花朵，他们没有园丁辛勤的浇灌，可是依然茁壮成长，但愿这些花朵在经历这些风雨过后依然开得坚强、美丽。

（本文作者：哈密四中学生邵樊婕）

附录

按：这篇关于贵州黔南州平浪镇留守儿童的调研报告，是我给华南农业大学阳光团队的支教学生布置的作业，我希望通过大学生跟留守孩子相处的过程和家访，亲自去用实践课来做一份详细的关于留守孩子的调研报告。这份调研报告要的不是教育局的统计数字，也不是学校提供的数字，更不是从网上抄袭和下载的数字。这份报告要真实、可信、符合调研报告的严谨性、采集性、考察性、可靠性。

通过20天的亲身体验教学，和留守孩子一起生活、学习，并且跟随平浪中学的老师到学生家里家访，华南农业大学阳光团队的学生在完成陪伴平浪留守孩子暑期活动后，交了一份我很满意的调研报告。

在跟他们相处的20天时间里，我吃住跟他们在一起，家访带着他们，他们带着录音笔，每天家访回来后，需要把当天十个多小时的调研采访录音全部整理成文字，然后才能轻松地去睡觉。完成任务后已经是凌晨3点到4点钟。20天里，他们每天几乎没有睡过4个小时以上的好觉，白天的课堂活动、做饭，整理从全国各地捐赠给平浪中心小学图书室的图书，还有其他的分工工作，经常让大学生们累到极限。有的男生晚上还要整理照片、文字发微博、博客。参加调研的大学生，如果不完成当天的工作范围内的内容，后续的工作将重复累计，不能正常工作。而这些工作都是他们给自己增加的工作量，没有任何人强迫。

酷热的7月，在平浪的出租屋里，女大学生们挤在地铺上，充满热情地完成着每天新的任务。蚊虫叮咬，没有让她们的陪伴减少一分，陪伴留守孩子辛苦的生活，没有让她们有一丝退缩。黄丽珊、马宁、林宇华代表华南农业大学阳光团队在平浪的支教大学生交给我的这份调研报告，凝结着全体阳光团队里每一位队员的心血和真情。

调研报告虽然不是语言表达最精准的一份，但是，是最认真、仔细、用心、费心的一份。我带着她们跟随家访的老师爬山过洼走进报告里出现的每一位学生家，跟留守学生和家长直接面对面，并且根据录音整理成文字。跟我在网上搜到的有些教育专家关于某某留守学生分析等模棱两可的调研报告比，我更喜欢这些不是专家也不是教育家的大学生，通过自己跟留守孩子一起生活，心与心的交流、真实的文字、真实的内心、真实的现象所反馈回来的有感情的体验报告。而我也见证了每一个调研的现场，见证了留守学生中、小学组每个学生的真实情况。

平浪仅仅是留守孩子的一个点，也是贵州黔南留守学生地区教学质量最好的山区。以点带面，这个点可以辐射到全国的农村。我希望这份关于平浪留守孩子的调研报告在《回家：中国留守报告（黔南阅读）》里出现，它是来自现代大学生的声音和报告，虽不成熟但却真实，它让我们的时代里那些空乏的、冷酷的、漠不关心的人，而心有所动，心怀恻隐，把人类最基本的感情能给予生活在你身边城市的留守孩子的父母或者留守在大山里的孩子。

仅仅一个微笑、一次伸手、一次帮扶、一句温暖的话语，对留守孩子或者生活在别人城市的留守孩子的父母都是帮助。

仅仅一次关怀、一次理解、一次相遇、一个期许的眼神，对留守孩子或者生活在别人城市的留守孩子的父母都是陪伴。

贵州黔南州平浪镇留守儿童调研报告

平浪留守儿童调研背景

社会的大背景：随着我国改革开放的不断深入，在社会主义市场经济的推动下，越来越多的农民工背井离乡进城打工。有些农民工把子女扔给了老人监护或寄养在他人家，于是在我国广大农村中出现一个新的群体——留守儿童。有资料显示，目前全国农村留守儿童规模已达6000多万人，而且这个数字还将在未来几年呈较大规模的上升趋势。因此，留守儿童问题虽然得到了各级党委、政府及社会的广泛关注，但是仍然是当今社会值得关注的一个重要课题。

调研目的

本次调研目的是向外界展现真实的留守儿童的家庭、生活、学习状况，消除外界的部分误解，同时也能够发现留守儿童存在的一些问题，让外界了解到他们的真正需要，提出有效的办法来帮助他们。

调研对象

本次调研的对象主要是贵州省都匀市平浪镇的留守儿童，特别是其中的小学生和初中生。

调研方法

一、本次调研在获取资料时采取的是个案访谈的方法，即通过学校老师了解学生情况，确认调研的主要对象，对主要对象进行家访做进一步调查，然后深入分析与了解，最后通过个体现象反映整体情况。相比传统的问卷调查的方法，个案访谈的调查对象总数虽然下降，但关注点更为细致具体，能够深入了解每一个个体的情况，在发现共性的同时更好地兼顾了个性。此外，个案访谈是通过观察、访谈、谈话等方式了解情况的，这种方式更灵活，更具人情味，也更能了解真实的情况，更能够反映调查对象内心的想法。

二、本次调研在分析处理资料时采取的是个案分析与对比相结合的方法，一方面筛选案例，对其中的典型个案做出细致的分析；另一方面将初中组与小学组做对比，表现留守儿童在这两个不同时期的学习、心理、性格等方面的变化；最后在综合考虑这二者的情况下得出调研结论。

调研案例

在这次“三下乡”的过程中，我们见到了这样一批来自小学和初中的留守学生，他们来自不同的家庭，有着不同的性格，处于不同的年纪，但是却有着相似的被留守的经历，那就是他们的父母中双方或一方外出打工了，把他们留在老家。这些孩子被外界称作“留守儿童”。

今天就让我们来讲述他们的故事。

小学组

案例一：王兴洋

我们支教班上的一名男生。他也是一个留守儿童，一直和爷爷奶奶生活在一起，奶奶55岁，爷爷50岁，平时在家里会帮奶奶煮饭，有时也会洗衣。当他只有一两岁的时候，父母就去到江苏打工了。他5岁时和舅舅坐车去看过爸妈（学前班时期），当时父母在工厂打工，住在工厂宿舍里（包住不包吃），住的地方环境不太好。在他的记忆里，父母第一次回家看他是在他二年级的时候，当时父母回来，一见面他就愣住了（因为感觉对父母有点陌生了），过了两三天才开始叫他们爸爸妈妈。这一次父母大概待了十几天，在他们走的时候他有挽留他们，但爸妈说还要赚钱还债（父母大概一年能挣五六万），如果留在家里就很难还债了，之后每年会回来一次。他说想父母时会看他们的照片，有时会忍不住哭，有一次晚上睡觉时做梦梦到父母就哭了，爷爷当时也看到了。当看到别的小朋友有父母在身边陪伴，心里很痛。和父母一周打一次电话，跟妈妈交流更多，几乎每次都是聊成绩。我们在他家里的墙上看到好多奖状，有"好学生"奖、"学雷锋"奖，还有考试成绩的排名奖。奶奶也说他以前拿过不少奖状，小的时候比现在学习更好，他自己解释是由于父母不在，太贪玩，成绩下滑。

从他这些十分纯朴而且真挚的话语中，我可以感受到一个小孩子对父母的思念和爱，但是当被问到他是想要父母在外打工多赚钱呢，还是留在家陪自己但赚不到什么钱时，他的回答出乎意料，他说想要父母出去打工。我很吃惊，甚至下意识地想着是不是小孩子觉得父母打工可以给自己更多零花钱才这样选的。他的理由让我感到羞愧，他说是因为家里建房子欠了贷款，所以就希望父母能够尽快多挣钱还贷款，然后就可以回家陪自己了。

分析：王兴洋真的是一个很懂事的孩子，这么小就已经能够体谅大人的辛苦和难处，甚至愿意为这个家庭的将来牺牲一下自己。在我们的调研中，我发现很多留守的小学生都像王兴洋一样懂事，他们并没有埋怨父母不陪在自己身边，反而理解父母打工的原因，没有强迫父母一定要回家，一样很孝顺、很爱父母。除此之外，这些和王兴洋差不多大的孩子，大都学会了做饭洗衣，平时都会帮忙做家务。真是"穷人的孩子早当家"。反观城里面有些家境不错的孩子，不仅衣来伸手、饭来张口，不会独立生活，而且往往以自我为中心，不懂得体谅他人，经常与父母吵架，不听话。二者真的差别很大。

案例二：吴泽云

我们暑期支教班上的一名女同学，她之所以会引起我的注意是因为她的敏感小心。具体表现为：每次当班上很吵很乱时，老师一喊安静，她一定是第一个乖乖坐好听话的，然后那双大眼睛会紧紧盯着老师，时刻注意着老师的肢体动作、言语神态，甚至心理情绪变化。有时候老师在课堂上感到生气不开心，大部分的小朋友毫无察觉，该干什么干什么，可是泽云总能敏锐地感觉到老师正在生气，之后她就会迅速安静，遵守纪律。除此之外，还有一件事进一步加深了我的这种认知。那一次是我们家访去到了泽云家，刚进门，就听到了泽云的哭声，声音不算大，但听得出很痛很委屈。了解情况后才得知，原来，泽云的父母都外出打工了，她平时都和奶奶一起住在叔叔家（叔叔自己也有两个孩子）。今天泽云哭是因为婶婶前两天丢了东西，到处都找不到就怀疑是不是泽云拿了，然后可能说了比较严厉的话，于是就有了我们进门时的这一幕。但是家里的奶奶和隔壁的邻居都告诉我们，婶婶是个好人，对泽云也很好，这件事应该是个误会。如果真是这样的话，只能说明泽云真的是一个敏感得有些过头的孩子。

分析：我觉得泽云的这种情况应该不是个例，仅在我们走访的一些平浪镇的留守儿童中，就有不少是住在叔叔家、姨妈家或者舅舅家的，我觉得在这种环境下成长的孩子和在爷爷奶奶家长大的孩子是会有区别的。前者与共同生活的人的关系远不如后者与爷爷奶奶那么亲密，会有一种更为强烈的寄人篱下之感，这迫使他们更加乖巧、听话、懂事，甚至要讨好婶婶、姨妈，让她们喜欢自己，而且叔叔、舅舅家也会有自己的孩子，这些留守儿童得到的爱和关注都不算多，可能还要学会忍让亲戚家的小孩。所以他们在家中要处处留心、小心，还要经常揣摩大人的心意，这是很多寄居于别人家孩子的必修课。长此以往，这些孩子会变得越来越敏感和早熟，会对一些很细小的事情都在意、深究、过敏，对他人的情绪变化反应很快，然后就可以迎合他们，获得满意与认可。这正是这些留守儿童在成长期“缺爱”的表现和后果。

案例三：刘兰昌

一个与同龄人相比显得非常非常特别的孩子，这一印象来自我和他的几次接触。

第一次见到刘兰昌同学是在开学典礼上，当时我们询问有没有哪个同学可以展示才艺，大家都不约而同地说，刘兰昌会跳拉丁舞，于是就起哄让他跳。不过他始终都是拒绝，所以他到底会不会跳，跳得怎么样，至今都是一个谜。但是他下了腰，动作在我一个外行人眼中看来还是很好的。那时我就记住了这个会下腰的学生。

第二次是我们第一天正式上课，上午放学后，我注意到他没有回家，而是从书包里拿出一个饭盒，然后就开始吃饭了。我看了下饭盒，里面装的是蛋炒饭，但鸡蛋和菜都很少，以饭为主，炒得有些焦了。然后我问他，怎么不回家吃饭？他说他家里离学校太远了，回家要花近 40 分钟，所以就不回了。然后我问他我们下午两点半才上课，现在才 12 点左右，吃完饭干什么？他回答说自己带了作业来，准备吃完饭就写作业。当时我就震惊了，因为我们这个课程是自愿参加的，一般来说家远的就不会来了，可他不仅来了，还要忍受中午吃早上带的饭而不能回家吃饭和午休，并且带了作业过来做（我见过的许多小学生午休时间是玩而不是学习），而这一切，他甚至把我们蒙在鼓里。得知这件事后，我们便极力邀请他来和我们一起吃午饭，反正也要做十几个人的，多一个也没什么。可是他拒绝了，怎么说都不愿意。虽然第二天还是过来了，但他坚持要给我们洗碗来作为回报。这是他第二次震惊到我，这个学生真的很好学、很懂事。

第三次是我正式去上手语课——这是我的第一节课。当时刘兰昌同学就坐在第一排。在整个授课过程中，他都学得格外认真，睁着明亮的大眼睛，眼神一直紧跟着我手上的动作，大概在我演示了两遍之后，他就能把基本动作做出来了，比班上大部分孩子尤其是男孩学得快，真的很聪明。

第四次是我们一起吃午饭，听到平浪完小的罗校长说到刘兰昌的母亲生病在家，好像是得了癌症。我们听了简直不敢相信，因为刘兰昌一直都是很开朗、很高兴的样子，一点没有家里有人得了重症那样的愁云满面，以至于我们都没发现他有这样的心事。这真的让我很不可思议，先是惊奇，后是佩服，一个小孩子竟然可以做到这些，心有愁苦却知笑脸迎人，不把自己的坏情绪带给别人，而是用自己的快乐和乐观面对他人，这一点，就连很多成年人都未必做得到。刘兰昌自己却说不觉得苦，没感到生活的压力，所以每天总是阳光灿烂的。这样的人，该有多么强大的内心啊！

这几次接触使我对刘兰昌这个人和他的父母感到很好奇，于是，我们就去了家访。一路上，大家聊了很多，刘兰昌讲到了自己的梦想是当宇航员，如果不行就当老师，然后不当大学老师，将来要回到都匀教学。一个还在上小学的孩子，就已经有认真思考过自己的未来，有着明确的目标和规划，可以说强过大部分同龄人甚至我之前家访过的大学生。他还讲到了自己的家庭，父母之前都是在浙江打工，他出生后即被父母带到打工的地方生活，1 岁时被送回和奶奶一起住，3 岁时在伯母家住。不同于泽云对婶婶的敏感，兰昌跟伯母关系非常好，把伯母当妈妈看，甚至直接叫她妈妈。有一次邻居问他是妈妈好还是伯母好，他回答一样好。伯母对他也非常好，甚至连表哥有时都会嫉妒。

步行了将近 40 分钟，我们终于来到了刘兰昌同学的家。他的家在山里，房子挺大，有两层楼，可惜父亲现在去了都匀打工，只有母亲一个人生病在家，显得有些空旷，没人气，而且大概是由于母亲生病的原因，屋子收拾得不算太整洁。妈妈不算太虚弱，还能够下地，但鼻子确实不舒服，讲话声音很小。一见到我们来，便很热情地招待我们，让我们坐。在与兰昌母亲的谈话中，我们了解到关于兰昌的几个重要内容。1. 兰昌是一个很懂事也很懂得感恩的孩子，10 岁就开始做饭，最拿手也最常做的是蛋炒饭，而且不挑食，很容易满足，有时母亲他给吃一天的蛋炒饭，或一天面条都不会抱怨，依然很开心。2. 原来兰昌小时候是在浙江慈溪的一个希望小学读的书，二年级去的，读了三年半，妈妈说那个时候学习更好，那里的班主任更负责。都匀的上课纪律没有那里好。3. 兰昌不仅成绩很好，也非常喜欢学习，劲头足，很积极努力，有次妈妈早上五、六点左右起床，发现兰昌已经去学校学习了（自己解释说是去写作业了）。4. 妈妈和教过兰昌的许多老师都评价说兰昌很聪明，但就是小想法、小动作太多。妈妈提到兰昌有次因为没写完作业而被老师叫家长。5. 兰昌是个才艺不错的男生，在浙江时曾经参加过小学办的《快乐童声》，表演《剪羊毛》；语文也很不错；体育不太好，但跳绳很棒。6. 老师评价兰昌很准确：聪明，但不够专心，眼睛充满活力，希望他以后可以专心，可塑性强。可见班主任对他的期望很高。7. 兰昌平时更喜欢和女生玩，和男生也会玩，但觉得男生太暴力了，和女同学更有共同语言，母亲担心他和女生待太久可能会女性化。

通过母亲的话语，我们了解了兰昌的小时候和生活中的情况，对兰昌有了更为全面的认识。除此之外，我们还发觉，兰昌母亲虽然只是初中毕业，但感觉有一定的文化和见识，非常重视孩子的教育，希望孩子以学习为重，同时又不想给他太多压力。妈妈教导兰昌要学会自己照顾自己，学会自立。她知道孩子在四年级到初中这段时期最难管、最叛逆，也看到过有太多的留守儿童的反面案例（沉溺网吧、打架闹事、喝酒抽烟），不想让自己的孩子也这样，所以便回到平浪来陪伴他，是个很负责任的家长。或许就是因为有这样的家长的悉心教导，兰昌今天才会这么聪明懂事吧。

分析：我觉得兰昌今天能够这样的健康、开朗、聪明，以下两点原因是很重要的。1. 家庭教育。兰昌有一个懂得教育子女的母亲，能够尽力给他一个良好的家庭环境和正确的引导，正是有了母亲这样悉心的教导，兰昌才避免像很多留守儿童一样走错路。2. 兰昌自身的努力。兰昌虽然年龄还小，但已经懂得很多，知道自己应该做什么，不应该做什么，即使父母不在身边，也仍然不放松学习，跟伯母的相处体现了他很会处理人际关系，而且能够把经历过的事情都牢记在心里，这样的人，将来一定不简单。

案例四：李涛

严格说来，李涛不是完全意义上的留守儿童。在班上比同龄人长得稍微高一点，也壮一点。一开始我们就是因为他的这个特征开始注意他的。经过后来的观察我们慢慢发现，李涛虽然在身体上有优势，但是并不太活泼，不太自信。在学校，李涛喜欢各种运动，尤其是很擅长篮球和乒乓球，在学校运动会的乒乓球比赛中曾经夺得第一名。除了运动之外，李涛的成绩也很不错，在班上能排到前十名。但是，这样的一个孩子实际上却很缺乏自信。我们想对他进行家访，但是一提出就马上被拒绝了。

后来才知道李涛的父亲在李涛刚出生不久就去世了，留下妻子和儿子相依为命。母亲是个好赌的人，父亲去世后更加嗜赌，每天都会花几个小时甚至是更久的时间去打麻将赌钱，在外面输了钱回到家就拿李涛出气，对李涛又是打又是骂的。李涛虽然很难受，但是懂事的他还是很孝顺母亲，每天放学回到家中都会自己动手做好饭菜等母亲回家吃，还帮忙做一些家务和农活。

打李涛的不仅仅是李涛的母亲一人，还有李涛的叔叔。父亲去世后，李涛的叔叔就比较照顾李涛一家。但是叔叔也是个好赌的人，脾气比母亲更加暴躁，有不顺心或者李涛做错了事就会对李涛拳打脚踢，毫无顾忌地打一个 11 岁的小孩。了解到李涛的情况后我们的队员更加希望可以帮助到李涛，但是我们也明白，只有他的妈妈和叔叔才是他的家人，不管我们说什么做什么，影响他最多的还是他的家人，所以就打消了家访的念头。

分析：虽然李涛不是留守儿童，但是可以看到他所承受的同样是我们所不忍看到一个孩子承受的。他之所以这么缺乏自信，主要是受到家庭的影响，尤其是来自母亲和叔叔的影响。要让他更加健康快乐地成长，最重要的因素在于他的家人，希望他的母亲和他的叔叔能给他一个温暖的家。

案例五：陈兴粉

陈兴粉也是出身单亲家庭，母亲在她 2 岁的时候就因为父亲的好吃懒做和不负责任而离家出走，只留下陈兴粉跟着父亲。陈兴粉是个很内敛的孩子，学习成绩中等，表现也不算很突出，用乖巧形容她再合适不过了。一开始我们并没有太注意这个孩子。后来无意中问起她的母亲，她一副委屈地说："我从小就没有妈妈。"她的回答勾起了我们的兴趣，她的家里一定有故事。

陈兴粉的父亲在家附近的一家大米加工厂打工，赚的钱不多，但是他说这样可以在家陪着女儿。妻子离家出走后他没有再娶，当问到为什么不再娶的时候，他说："怕后妈对兴粉不好，家里条件不好，想找一个经济条件好一点的，但没有那么容易。"从父亲的言语中我们了解到父亲其实一直都想给兴粉找个后妈，但是因为要求对方对兴粉好而且经济条件要好，所以一直没有合适的。理论上，这个父亲应该是很懂得照顾女儿的，但是事实并非如此。

据兴粉描述，父亲每天白天出去工作，晚上吃过晚饭后就出去打麻将，每晚都要到凌晨才回，兴粉一个人守在一栋大房子里已经不会感到害怕了。她每晚要等到父亲回家才愿意入睡，多次提出希望父亲留在家里陪伴她，但是父亲答应后总是办不到。

下乡即将结束的时候，我们的队员也要离开都匀了，陈兴粉给我们写了一封信，告诉我们，希望我们可以再去，希望我们可以去陪陪她，说她在黑黑的房子里常常一个人哭泣。关于陈兴粉的故事或许到这里就好了，她不是完全的留守儿童，而是一个不完全的留守儿童。

分析：父母离家千里是孩子的牵挂，但是像陈兴粉这样，母亲已经不会回来了，父亲虽在身边却好像远在千里，这对于一个孩子来说也是一种伤害。这不仅仅是兴粉一个孩子的孤独，在贵州的山区，甚至是在全国的各个山区，人们的娱乐方式比较单一，赌博就是主要的娱乐方式。像兴粉家这样的家庭不在少数，家长经常在空余时间沉迷于赌博而忽略了陪伴子女的重要性，所以，兴粉有很多同病相怜的同龄人。孤独是他们最大的问题。

案例六：罗莎

她和陈广学是堂兄妹的关系，罗莎的父母也在福州打工，所以两个孩子平时都是一起住在舅舅家。罗莎相比哥哥来说更加敏感和感性，每周和父母有两三次通话，有时会抑制不住思念而哭泣。女孩子总是要比男孩子更加依赖父母，而且，我觉得罗莎应该是特别渴望亲情，渴望父母的陪伴和照顾。因为我注意到，在我们上课下课期间，罗莎会格外地黏着大哥哥，像个小跟屁虫似的跟着大哥哥，努力让大哥哥关注到自己，和自己玩。

在与罗莎外公聊天的过程中，我了解到，罗莎的父母因为盖房子贷款而欠了钱，为了还钱只好外出打工，主要是替人养鱼，平时只发生活费，最后卖出鱼才能拿到钱。而且主要是父亲做工，母亲要照看弟弟，所以收入比较有限，经济来源不算太稳定。我觉得有些奇怪，既然这样，干嘛还要那么辛苦出去而不留在家里呢？罗莎的外公解开了我的疑惑，因为平浪是一个小镇，本地没什么产业，如果不去打工的话，只能在家务农。但目前平均一人只得一亩地，像罗莎家八口人所拥有的田地只够三人吃饭，所以种田只能勉强糊口，根本挣不到什么钱。

分析：这里有一个现象很值得深思——我在家访的过程中发现，平浪的许多青壮年之所以会选择外出打工，大部分是因为要还家里盖房子欠的钱或者挣钱翻修房子，所以我们在平浪的一个个村寨，可以看到很多漂亮、崭新但是却空空的楼房。或许是受中国传统思想的影响，房子是很多人奋斗的目标，他们甘愿为此背井离乡，远离亲人，只是不知这些人在赚取了物质财富的同时，有没有考虑到孩子的成长发展、教育、亲情等文化层面的东西可能缺失呢？我想对那些耗费毕生心血只为建房子的人说，重要的应该不是房子，而是以房子为载体的家，以及家所蕴含的浓浓的亲情。希望他们不要舍本逐末。

案例七：陈广学

第一次见面，他明亮的眼睛和朴实的笑容就给我留下了深刻印象，进一步接触后，我觉得这个学生很听话懂事，上课老师布置的任务都会努力完成，挺认真的，又有那么一点点羞涩腼腆。但之后的家访，让我看到了陈广学身上的另一面，这是一个很坚强的男孩子，他的父母在其两三岁时就外出到福建打工，之后他就和爷爷奶奶一起住，虽然十分思念父母，但与父母通话时也很少哭。在家访过程中，他还展现出了自己的机灵活泼，当老师提出问题时，他会主动回答，讲话很有条理，口齿清晰伶俐，真的是一个很可爱的孩子。

案例八：陈福蓉

也是我们支教班上的一名女生，她的父母在福州打工，做水泥工。我们去她家里家访时看到福蓉家里住的还是砖头房，而且二层楼的房间连门都没有，站在院中就可以看到房间内部，这样的房子其实在平浪镇已经不多见了，在周围人家贴着彩色瓷砖的水泥房对比下，很突兀。客厅内摆着老旧的皮沙发，卧室的天花板上挂满了衣服，都有些遮蔽视线，再也就没什么多余的装饰了。我们去到她家里时，只有她表哥一个人在家，她说爷爷奶奶上山干活了，平时也是这样，要帮人干活，有时甚至要到晚上七、八点才能回来。哥哥在外地读书，周末会回家给福蓉做饭，我看了一下福蓉吃的饭，没什么菜，都是大米。这就是这个孩子的一日三餐了，和住所一样，简单而粗糙。

从福蓉家里出来，我们和三个孩子一起，顺着捷径小路，踏着雨后泥泞的草地，沿着溪边窄窄的水道，踩着有些滑的石头，向学校走去。第一次走这种路的我有些不太适应，一路都小心翼翼，生怕摔倒。而孩子则一路是欢声笑语，轻快地跑在前面，把步履艰难的我落在了队伍最后，时不时他们还要停下来等等我们。走了十多分钟，终于到了学校，孩子们仿佛是不知疲倦的小鸟，飞奔到了教室。而我站在操场上，看着他们的背影，心情有点沉重。想到广学的笑容，想到罗莎在听到我们谈论她时默默垂下的头，想到福蓉的家和她的午餐，想到挂着很多衣服的让人压抑的房间，想到泛黄的墙壁，想到他们每天上学都要走一遍的长长的、坎坷的小路，我心里五味杂陈，有种说不出的滋味，不知是难过，同情他们的际遇，还是不满、愤恨于人生而就不平等，亦或是佩服他们面对艰难的生活还能如此欢笑。

分析：孩子再怎么坚强懂事终究只是孩子，除了陈福蓉，这里还有很多小孩都是父母不在身边的。没有大人照顾的孩子也像陈福蓉一样，自己照顾自己。

初中组

案例一：刘运熹

一个刚刚参加完中考的男生。他是一个典型的留守儿童，这一方面是指他留守的原因、生活情况和大部分留守儿童一样，另一方面是指他现在在心理和学习方面出现的问题也十分具有代表性，正是绝大多数留守儿童身上常常出现的问题。

讲一下家访他的具体情况吧。那天早上九点左右，我们来到了他的家，紧闭的家门显示着这个孩子还没起床，在老师们的大声呼唤中，屋里忽然传来一声应答，慌乱的声动让我们明白：他在迅速地收拾自己和房屋。良久，一个男生打开了门。他身材瘦得像一块薄板，皮肤苍白，睡眼惺忪的样子明显带着抗拒与不情愿，似乎搞不清楚怎么回事。我们陆陆续续地进了家门，而他则一言不发地站在门口，等所有人全部进入后便迅速地把搭在楼梯扶手的脏衣服收起来，又粗略地看了一下哪里是否还是明显的凌乱，这期间一直没有理会其他人的目光。我进去时看到他家里有液晶电视、沙发、实木门等，和城市区别不大，但客厅地上一堆的瓜子皮以及凌乱的沙发和厨房与崭新的房屋明显格格不入。

再说下这个男生的情况吧。当他进到客厅时，客厅已经是坐着满满一屋子人，他无所适从地站着，直到老师拉着他坐到沙发上，坐下之后他也显得局促不安，一言不发，一直低着头抠手指，很少与老师有眼神的对视或交流。一屋子的老师向他抛出连珠式的问题："你中考填了哪所学校？""你打算去哪里上职高？”“是填了都匀的学校吗？”，他茫然地转过头看着身边每位问话的老师，想了一会，手随意地弄了一下头发，良久之后才嗫嚅道：“不记得了，不知道。”老师们开始你接我我接你地在讨论：“我好像记得你填了都匀的，都匀就那几所学校，你填了哪个？”这个男生多次安静地打哈欠，仿佛老师谈论的是别人的事情，好不容易搭一下话，声音却轻得不靠很近根本听不到。这场谈话终于在这位学生的不配合中匆匆结束。

我们并没有和他的老师一起离开，而是留下，试图以一个局外人和陌生人的身份来打开他紧闭的心房。幸运的是，我们终于得到了一些重要的信息。原来这个我们一进门便觉得很漂亮的房子，是他的父母花光了所有的积蓄又借了钱才盖起来的，为了还债，爸爸妈妈便长期在浙江打工，刘运熹就这样成为了一名留守儿童。据他自己描述，爸爸妈妈在他二年级的时候就去打工了，之后他和姨妈一起住在墨冲镇，后来又转学到舅舅家那里的平浪中学读初中，初三到现在是一个人住，也是一个人做饭，吃得也很简单，“买面条回来早上煮着吃，把午饭也煮了，中午放学回来就在集市买些菜回来煮”。从谈话中，我了解到刘运熹大多数时间都是一个人待在家里，他说自己不喜欢看书和思考，也不怎么玩手机，偶尔会上网打英雄联盟（网游），但也是个人作战。而且他在学校都没什么好朋友，也从没请同学到家里来玩过。我知道后就被震惊了，天啊，这个孩子平时得有多孤单啊，没有父母亲人陪伴，没有朋友玩耍，成绩不好也没有老师关注，我难以想象那么多个日日夜夜他一个人是怎么熬过来的。当被问到“怎么会一个好朋友都没有呢？是不是因为转学太多所以没交到什么朋友啊？”，他眼角泛出泪花，眼泪缓缓地、静默地掉了下来。我知道这个问题戳中了他的内心，但我没有一丝喜悦，相反，我的心在那一瞬间如同被压了千斤重的石头，我喘不过气来，仿佛透过他毫无表情的脸庞看到了他千疮百孔的、已然孤寂冰冷的灵魂。

谈话就此沉默了一下，等他的情绪平复之后，我们以父母为切入点再次挑起了话头。他告诉我们，父母大概每隔一两天就会打电话来，电话里和父亲聊得比较多，他们会在过年时回来，过完年就又走了，唯一的姐姐出嫁了，外公外婆又住在舅舅家。这也意味着，平时就真的只有他一个人孤苦伶仃地住在这栋大房子。虽然他自己表示不想父母，都习惯了，但是当我们跟他说“可是父母那么经常打电话来，又努力打工给你好的生活，说明他们真的很爱你啊”时，他用手背狠狠抹掉含着的眼泪来掩饰这一刻的动容与难过。

我承认，在刚刚看到他的消极状态时，我真的很“怒其不争”，我简直不能理解一个人怎么会对自己的前途、自己的未来漠不关心、毫不在乎呢？家境不好，父母为了赚钱外出打工，他不是更应该努力学习吗？他这么颓废不上进，怎么对得起辛苦的父母呢？而现在知道了他背后的故事，感受到了生活对他的压迫，想到一个孩子那么小就要和父母分离，寄居在亲戚家，可能必须学会忍让亲戚家的小孩，可能作业不会做没人及时讲解，可能有了心事无人诉说，可能会敏感早熟，就又深深地“哀其不幸”。

分析：这位同学是一个典型的留守儿童，他面临的学业问题和心理问题是留守儿童最容易出现也是最常见的问题，可以说他代表了大部分留守儿童进入中学后的现状。一、监护人不在身边，平时学习无人监督，有些会因为贪玩而放松学习，成绩下滑。更可悲的是，他们大都缺乏上进心，显得懒散而冷漠，这些孩子中的大多数不像我来之前想象的一样，由于家里不太富裕，感恩父母外出打工供自己上学而好好读书，相反，很多孩子并不努力，对未来没有渴望与规划，得过且过，之后的调研也证明，留守中学生的成绩一般都不是很好。二、有些孩子因为极度渴望父母的陪伴与爱护，甚至会故意做出一些出格的事情来吸引他们的注意，比如抽烟、打架等，逼迫父母不得不回来照顾自己，长期这样做得不到纠正，他们就很有可能发展为“问题少年”。三、这些孩子在性格的养成方面也会有缺陷，因为他们在年幼时便与父母长期分开，家庭环境的不稳定使他们缺乏安全感和归属感，从而带来较强的孤独感。他们中有些人由于缺乏感情依靠，性格内向，遇到一些麻烦事会显得柔弱无助，久而久之变得不愿与人交流。长期的寡言、沉默、焦虑和紧张，极易使这些孩子形成孤僻、自卑、封闭的心理。这样的儿童在人际沟通和自信心方面自然比其他的孩子要弱。四、长期远离父母，得不到足够的爱也就很难给予足够的爱，所以很多孩子会在情感方面显得很单薄，不会爱人，不重视亲情、友情、爱情，变得冷漠自私。五、这些留守儿童的父母自身文化水平不高，所以有些人对子女的教育也不太重视，他们看到自己没读什么书出去打工就比上过大学的老师挣得还多，便觉得读书没什么用，还会把这种错误的观念灌输给孩子，使得他们也不看重学习，过早地流向了社会。在我们调研时，平浪中学的老师告诉我们，有许多学生初一、初二就辍学去打工了，怎么劝都不肯回来，而且学生的流失问题近几年越来越严重。

案例二：秋霞

列夫·托尔斯泰说过，“幸福的家庭总是相似的，但不幸的家庭各有各的不幸。”这个女生面临的境况与上一位男生又不太一样。

秋霞，她在严格意义上来说不能算是留守儿童，她是一名流动在浙江的学生。因为她的父亲在去浙江慈溪打工时带上她一起去到那里读书了，所以她的童年是陪伴在父母身边的，而且，在浙江的学校读书时，她也没有受到当地学生的排挤和歧视，是比较幸福的。其实这一点，当我看到这个女孩子时，也有所感受。我们一进门她就主动给老师倒水，显得家教不错，而且没有表现出之前那位男生一样的抗拒与冷漠，与老师交流的过程中都有问有答，整个人都是文文静静的样子，见到生人不爱多说话，有点内向。她基本符合学生时代那些认真努力学习的学生的特点，所以我猜她在上学的时候一定乖巧懂事、听老师话，认真学习，果不其然，她的老师说她中考之前的成绩都是很不错的。

她是这些家访学生中为数不多的明确说出了自己梦想的学生，虽然小声但却坚定，她说自己很喜欢画画，所以想当特长生，而且已通过了艺考，只要文化分通过了就可以。我开始高兴，但没持续两秒，就听到她的老师说，这个女生由于在本次中考中发挥不佳，原本预计可以考到 440 分左右的，结果只考了 390 分，离特长生的文化分数线差了 10 分。就是这 10 分，划出了梦想与现实之间的银河。但即便是这样，当老师们建议她去考职业学校，然后学一些有关画画的技术，诸如动漫等的时候，虽然她没明确表示拒绝，但从她垂下头不答话还是可以看得出，她其实是不想去的。

我感到非常惋惜，因为她原本有机会去实现自己的梦想，其实这次中考考砸了，也并不全是她的错，毕竟浙江与贵州两地的教学模式、教材和考试内容都相差甚远，她从幼儿园开始就在浙江读书，转回原籍中考后不适应当地的教育环境与考试，发挥失常其实情有可原。

分析：这个女生是留守儿童的另一个代表，即他们算不上纯粹的留守儿童，她是流动在城市边缘的农村孩子，在小的时候便随父母去他们打工的城市上学。从这个女孩的故事中，我们能够得到以下两个结论。一、父母的陪伴对于孩子的成长是非常非常重要的，青春期的孩子如果能够一家人生活在一起，充分地享受亲情，得到父母的照顾与关爱，出现心理问题的几率会小很多。同时他们在教育比较发达的地区读书，接受的教育水平要高过留守在老家的孩子，所以往往学习也不错。二、由于中国现阶段户籍政策比较严格，外出打工的父母很难将孩子的户口迁往打工地，户口没有办法迁移使得他们迟早还是要回到原籍参加中高考，但两地教学内容的差异往往导致他们不能适应家乡的考试，学的内容与考的内容不是很相符，以至于成绩不太理想，甚至很多人因此失去了一个改变命运的机会。这也就意味着对于外出打工的家长来说，带孩子一起走还是将孩子留在老家成为一个各有利弊的两难选择。

案例三：何昌荣

家住在庄上组。刚中考完的中学生，成绩考了642分，可以上都匀最好的高中了。父母在她4岁的时候就离婚了，母亲很快就改嫁到附近的寨子，虽然只有几分钟的路程就可以看到何昌荣，但母亲从来没有回来看望过她，何昌荣也没有去找过妈妈。父亲娶了个后妈，并与后妈生有两个女儿。父亲与后妈一直在江浙一带打工，三个女儿都留在家里由母亲照顾。由于路途遥远，加上经济条件的限制，父亲与第二任妻子只有在过年的时候才会回家几天，平时只是通过电话与家里的老人和孩子联系。

我们跟随着中学的老师去到何昌荣家家访，在何昌荣的家门前，我们看到她家有一栋两层高的楼房，虽然看起来有点年代了，但是门前配了一个院子，加上院子里的葡萄架和花，让我们很自然地认为这是一户经济条件还不错的人家。

接待我们的只有何昌荣的奶奶和她的一个4岁的小妹妹。奶奶告诉我们，何昌荣在中考完之后就独自一人坐火车去浙江找爸爸和继母了。当提起家里的经济条件时，奶奶说其实家里的经济很困难，楼房是十几年前建的，现在只有儿子和媳妇两人挣钱，自己和三个孙女都没有劳动能力，何昌荣从小到大从来不用干活，为了让她提高成绩，爸爸还给她买了学习机。

从奶奶的言谈中可以感受到奶奶是个很开明的人，思想也很开放。她曾经是知青，当过会计。她说虽然儿子的三个孩子都是女孩，但是她并不在乎男女，最重要的是一家人健康快乐。她说她们一家人一直都努力地让何昌荣开心地读书。

随行的老师是何昌荣初中三年的班主任陈老师。陈老师说何昌荣的思想波动比较大，思想工作很难做。何昌荣初中的前两年都是不爱学习的，甚至有两个月根本不学习，总是心不在焉，也不理人。陈老师多次与她谈心，有一次她终于敞开心扉地和陈老师聊，"我和您说，您不要骂我"。她说她还埋怨亲生母亲，她的梦想是做一名作家。老师说其实她的作文写得很好，也有一手好字，但是这样的梦想说出来还是会被人嘲笑。陈老师尝试用很多种方式和何昌荣谈，两年下来何昌荣走出了阴影，初三开始发奋学习，人也变得开朗许多，最终以优异的成绩考上了都匀一中。中考成绩公布后，何昌荣告诉陈老师上高中后她会乐观地生活，会积极地面对每一天。

分析：何昌荣是我们所了解到的初中留守儿童里面学习成绩最好的一个。虽然父母不在身边，从小和奶奶一起生活，所幸的是她在经历过青春期的敏感和脆弱后，走上了令人欣喜的轨道。但是，像何昌荣这样既是留守儿童成绩又好的例子真的不多。

从何昌荣的故事我们可以得出以下结论：第一，父母的感情问题虽然是父母两个人的私人问题，但是可能会对孩子造成巨大的影响。何昌荣的父母离异和父母的再婚让她无论是父爱或是母爱都非常缺失，这对于孩子而言是无法弥补的伤害。第二，除了父母，其他家庭成员对孩子的影响也不可忽视。何昌荣的奶奶是个积极乐观的人，也一直很注重对何昌荣的教育与引导，一直给与何昌荣无私的疼爱，很大程度上弥补了父母离异给何昌荣带来的伤害。第三，学校教育是对家庭教育的一个重要补充，学校和老师的教育可能会直接影响孩子的人生道路。何昌荣的班主任陈老师一直以来以引导和包容的方式接受着何昌荣，让处于青春期的何昌荣幼小的心灵得到了滋润和营养，也让何昌荣有了一个健康向上的更加美好的人生轨道。

案例四

这家平时是妈妈和两个女儿在家，父亲在外打工，我们去家访的时候家里正在盖房子，用的是父亲打工多年攒的钱（这也是我之前提到的造成孩子留守的原因，为了房子而去打工）。这家的姐姐是一个非常聪明的女孩子，老师们对她的期望还是挺大的，可惜她不爱学习，经常到处乱跑疯玩，中考完至今都没回家，妈妈也不知道孩子去哪了。我觉得这家的家庭教育是存在问题的，家长不管或者管不住孩子，而孩子又处于青春期，比较叛逆，经常夜不归宿，这样不管是心理还是身体都容易出现问题，受到伤害。家长要重视对孩子的教育，多用点心思在孩子身上，对于自制力较差的孩子，不能任其自由发展，要给予适当的监督和引导。

案例五

这个男生同样是家庭教育存在问题，我们去到他家里的时候，他不在家，原来，该男生初三毕业后就去打工了，爸爸和姐夫也去打工了。从老师那里我了解到，现在平浪中学有许多初一、初二的学生都去打工了，甚至很多被叫回去上学之后又偷偷去打工了。这个问题让老师很头痛，他们一致认为会出现这样的情况跟学生家长有很大关系——很多家长自己没读过几年书，出去打工后一个月挣五六千，比老师收入高，所以他们会觉得读书多其实也没什么用，还不是挣不到什么钱，不如去打工。这种思想影响到孩子，使得他们也觉得没必要读书，上到初中有点基础去打工就可以了。而每当老师教导学生要多读书时，现实的收入差距让他们的说法失去了可信度，也就没几个人会遵从。所以现在平浪中学的学生流失率很高。我可以想象得到，其实有很多的孩子，都被这样目光短浅、见识不多的家长，被这样错误的思想耽误了。他们原本是有机会通过读书来提升自己，用知识武装自己，改变自己的未来，也原本可以走出山区，不再重复父辈外出打工、回家务农的命运。他们可以通过自己的知识改变家乡的观念，建设家乡。由此可见，家庭教育是多么的重要，父母的陪伴在某种程度上是孩子成长中所必需的。如果家长有责任感、开明、有文化，子女的发展也会更好一些。案例二中叫秋霞的女孩子就是一个例子。虽然她没有考上特长生，不过幸好，她有一个开明的父亲，愿意听从女儿的意愿，支持她的梦想。她还有热心的老师，愿意帮她想办法争取走特长生这条路子。相信她未来会在梦想的道路上越走越远的。

案例六

我们去这个女孩子家的时候发现，客厅墙上贴了好多她小学时期的奖状，可见她小时候成绩还是不错的，可是到了初中就不断下降，这次中考只考了300多分，无缘理想的高中了。其实小学到初中学习成绩的反差也是留守儿童会普遍出现的一类问题，之前的王兴洋也是这样，小时候得过不少奖状，但之后成绩渐渐下滑。

分析：很明显，留守的初中生跟小学生有了差异，他们变得沉默寡言，内向，对父母没那么亲近了，学习的兴趣下降，成绩下滑，甚至有些有成为“问题少年”的倾向。这是因为到了初中时期，这些学生了解的东西多了，懂得多了，知道留守儿童是怎么回事了，自己的思想渐渐形成了，有了自己对事物的判断和理解，会对一些现象进行分析和思考。而且处于青春期的学生，更加敏感，这个阶段的学生之间不像小时候那样形影不离、亲密无间了，会产生一种距离感，学生独处时间增多，孤独感增强。加之看到别人有父母的陪伴就会对比自己，可能会埋怨、疏远父母。这个时候课业负担加重，孩子压力增大，当学习上遇到什么困难时就会更加想念父母，更加渴望父母的陪伴，而当愿望得不到满足时，梦想与现实之间落差感强烈，就很容易出现心理上的问题。一想到现在这些天真活泼的小孩子日后会变成那样，我就觉得很心痛。所以，学校、老师、家长和外界应该要联合起来帮助他们。

我们在平浪完小的时候，平浪小学的罗校长跟我们说起很多留守儿童在这里（平浪镇）还是好好的，可是一到了打工的大城市就会变坏，做出抢劫、偷窃等违法犯罪的事情，扰乱当地治安，而且也让当地人对这些打工仔产生了不好的印象。在他看来，之所以会出现这样的情况，是因为这些人读书少，知识不够。所以他一直提倡让学生从小就多读书，还积极争取建立乡村书院。

案例七：吴华胜

家庭条件一般。我们去的时候父母都不在家，母亲正在周边的砂石场工作，父亲在浙江宁波打工。这个男生和上面那个男生一样不太爱说话，但比较听老师话，对老师的问题有问有答，虽然成绩不太理想，但很喜欢学化学和物理。我觉得有爱学的科目就会有热情去学习，那暂时成绩不好也不是什么很严重的问题，总好过案例一中的同学那样完全用一种消极的姿态应对学习和老师。这位同学明显不像案例一中的同学那样有那么强的戒备心和抵触心理，跟我们或老师讲话时都能抬着头，直视我们的眼睛，也能够和我们这样的陌生人聊上几句自己的情况，感觉比案例一中的同学要开朗很多，整个谈话的气氛都没那么压抑。

分析：我觉得“读书可以改变命运”这句话或许有所夸大，但却一语道出了读书的重要性，读书充实了他们的生活，丰富了他们的知识，不会“无聊生事”。同时让他们对自身、对外界、对未来有了更多的认识，不再那么迷茫，生活中遇到的问题，心理、生理方面的问题，或许可以在书里找到答案。多阅读儿童文学、漫画、童话的孩子在长大后心里都还保有那份天真，会降低这些留守儿童成年后的犯罪率。另外，通过读书掌握的知识，也可以帮助他们改变命运，让他们不再像父辈一样只能以出卖劳动力为生。

总结

像这样的留守儿童，在黔南，在贵州，乃至在整个中国，都还有很多。现阶段中国经济发展地区差异仍在拉大，发展的不平衡性短时间内难以消除，这就使得留守儿童的问题在很长一段时间里都会是摆在政府、公众面前的一个构建和谐社会的障碍。面对这样的障碍，我们要携起手来面对它，积极跨越它，而不是遮遮掩掩，置之不理。这样受害的不仅是那些无辜的孩子，还有整个国家。因为每一个孩子都是祖国未来的希望，都应该得到公平的对待和好好的照顾。但是很多孩子因为被贴上了“留守儿童”这一标签而和无知、肮脏、落后、贫穷等负面词语联系在了一起，他们被外界误解，被排斥，被忽视，被不公对待。他们是欣欣向荣、发展迅速的中国身上的一道陈旧伤口，被藏匿在看不见的角落里，随时都可能会引发一场致命的疾病。

我们这次调研走访，就是要撕开外衣，露出这个伤口，露出里面的血肉淋漓，把留守儿童最真实的一面展现给外界看。

调研结论

（一）留守儿童身上的闪光点

第一，非常懂事，小小年纪就会做家务了，帮家长煮饭、洗衣等。第二，因为在田野、在山里、在河边长大，有着和城里孩子不一样的童年，还做过大多数城里孩子没做过的事，比如生柴火、爬树等，我就见识过几个小女孩爬树特别快特别熟练。第三，这里的孩子非常淳朴，对我们这些哥哥姐姐都很友好。

（二）留守儿童身上出现的问题

在我们来到贵州调研之前，对留守儿童的印象就是电视上看到的——家庭贫困，穿的衣服比较破烂，然后睁着一双明亮的大眼睛，对书本、对学习十分渴望。但在我们来到当地之后才发现，这里的一切与我们最初的认知有出入。首先由于现代信息的发达，这里的孩子通过手机、电脑等工具对外面的世界了解和我们一样多，有些甚至还崇拜 EXO、IF 家族等明星；其次，这些留守儿童由于父母在经济发达的地区打工，挣的钱在当地来说算很多了，所以他们物质条件还是不错的。可以说，他们不是经济贫困而是精神贫困。平时缺乏父母的管教和正确的引导，当地教育文化资源又比较缺乏，所以会有不少孩子无心学习、沉溺网络，迷失了自己的方向。他们出现的问题主要有：第一，对读书不上心，平时多贪玩，学习成绩较差。第二，对上学不感兴趣，一心只想外出打工赚钱，甚至义务教育没读完就辍学了。第三，与父母长期分居，成长过程中没有得到足够的亲情陪伴，所以对父母、对社会都有一种不满、埋怨，甚至变得愤世嫉俗。第四，出现一些心理方面的问题，诸如敏感、自闭、孤僻等。第五，更为严重的是，许多留守儿童辍学去到发达地区打工后，由于自身文化水平不高,法律意识不强,很可能会做出一些违法乱纪的事情来,扰乱当地治安。

（三）小学生与初中生对比结果

在我们的调研过程中发现了一个特别奇怪的现象，那就是留守儿童中小学生与初中生的对比反差很大。

小学生大都开朗活泼，天真烂漫，和同龄人没什么不同，也都很喜欢学习。甚至当老师问到他们父母去了哪里打工时，大家都争着举手回答，看不出因缺失亲情而有多难过，也并未因此而觉得自卑，反倒对父母表现出理解和感恩。可是初中生很多都变得不爱学习，成绩下降严重，变得沉默寡言，不爱与人打交道，对父母也不那么亲近和理解了，有的甚至会怨恨父母。

我分析其中有部分原因，是小学生思想比较单纯，对事情往往不会想得太多太深，而且平时和小伙伴玩起来就会忘记父母不在身边这回事，有了小伙伴的陪伴，没那么孤单，也没那么多时间去想其他不快乐的事了。所以这个时期的他们还没有深刻体会到身为留守儿童的痛苦。可是到了初中时期，他们了解的东西多了，懂得多了，知道留守儿童是怎么回事了，自己的思想渐渐形成了，有了对事物的判断和理解，会对一些现象进行分析和思考。而且他们处于青春期，更加敏感，这个阶段的学生之间不像小时候那样形影不离、亲密无间了，会产生一种距离感，学生独处时间增多，孤独感增强，加之看到别人有父母的陪伴就会对比自己，可能会埋怨、疏远父母。而且初中期间课业负担加重，孩子压力增大，当学习上遇到什么困难时就会更加想念父母，更加渴望父母的陪伴。当他们急切的愿望和需求得不到满足时，梦想与现实之间落差感强烈，就很容易出现心理上的问题。

这些天真活泼的孩子日后可能会变得孤僻自闭，有的走上社会，讲哥们义气，不分是非，误入歧途；有的甚至因一念之差走向犯罪，毁了自己的一生，也辜负了父母在外打工创造好的条件让孩子成长、上学有好前途的初衷。

面对留守孩子这样的未来，我们就会觉得很心痛。

（四）针对调研发现的问题提出一些建议

1. 心理疏导：小学到初中这段过渡时期是青少年发育成长的关键时期，对未来的发展有着重要影响，所以这时候学校要加强对留守儿童的心理方面的疏导与督导（可以设置心理疏导室），老师也要多多关心、关注这些学生。尤其是对那些已经出现心理问题的学生，要及时进行心理调适，解决他们的心理问题，减轻他们的心理压力，让他们树立起学习和生活的信心，形成对社会的正确认识，以保证青少年可以健康成长。

2. 家庭教育：从上面的几个案例我们也可以看出，在留守儿童的成长过程中，家庭的作用是多么重要。有父母正确引导的孩子更加可能健康成长。首先，父母要承担起自己的责任，不能只顾着赚钱，长期在外打工而不管孩子，要多关心孩子的生活和学习，让孩子觉得自己不是孤单的。其次，父母也要多多学习，用知识充实自己，当父母了解了学习、知识和文化的重要性后，不会再像以前那么见识短浅，觉得上那么多学也没用，不如尽早去打工挣钱，反而会更加重视孩子的学习，鼓励他们继续读书。这样不仅有利于降低辍学率，更重要的是，这些留守儿童有更大的可能来通过读书提升自己，用知识武装自己，改变自己的未来，可以走出山区，不再重复父辈出外打工、回家务农的命运。

3. 多读书：以上两点分别是从学校和家长角度来谈应该怎样解决留守儿童目前的问题的，但内因永远是决定事物发展的根本因素，命运掌握在自己的手中，这些留守儿童要想获得成功，自身必须要多付出、多努力。其中很重要的一个途径就是读书，读书可以改变他们的命运，这也是平浪中心小学罗校长积极建立乡村文化书院并鼓励学生们多读书的原因。读书充实了他们的生活，丰富了他们的知识，让他们对外界、对未来有了更多的认识，不再那么迷茫，生活中遇到的问题，心理、生理方面的问题，或许可以在书里找到答案。多阅读儿童文学、漫画、童话，这样的孩子在长大后心里都还保有那份天真，会降低这些留守儿童成年后的犯罪率。另外，通过读书掌握的知识，也可以帮助他们改变命运，让他们不再像父辈一样只能以出卖劳动力为生。

正如沈奇岚所说："你的阅读造就了你。"

高尔基也说："书籍是人类进步的阶梯。"

所以我们希望被留守的孩子们平时少看电视、少打游戏、多读书，学校也尽量多设置一些有启发性的读书阅读会，阅读优秀的文学作品，分享好的读书周会和班会等，还要呼吁社会各界爱心人士多多给这些孩子捐书。

中国有句古话说："授人以鱼不如授人以渔。"说的是传授给人以知识，不如传授给人学习知识的方法。道理其实很简单，鱼是目的，钓鱼是手段，一条鱼能解一时之饥，却不能解长久之饥，如果想永远有鱼吃，那就要学会钓鱼的方法。

宋朝时，就有"书中自有黄金屋"的哲理。因为读书是古人考取功名为家庭"出人头地"的唯一出路。

书里才有黄金屋，书籍和知识会比金钱更好地促进留守孩子的成长。

（本文作者：黄丽珊、马宁、林宇华）

后 记

复调白内障[1]

用复调音乐比喻白内障，是一种忧郁后的自我消解，是眼睛的另一种生存意义。

复调《卡农》能在我的耳朵里像斗牛士一样疯狂地响着该多好，如此我不会把“白内障”这个生僻的词放在我的记忆里。去和斗牛士一起跳舞吧，去和斗牛士一起决斗吧。不管复调的音乐能疯狂成什么样子，白内障已经长在了我从前黝黑的瞳孔里。

水晶一样的晶体被另一个因晶状体蛋白质变性而浑浊的晶体所代替，这是我的白内障眼睛。当一口甘肃话的军医告诉我，我患了白内障时，我突然地没了恐慌和眼泪，我干涩的瞳孔挤不出一滴悲伤的泪水。我反复地问军医：我患了白内障？我真的患了白内障？我怎么可能患了白内障？

我仅仅是眼睛的视线模糊了，瞳孔的聚焦浑浊了，平视前方的物体成了双影，眼尾的余光可以斜视着看某个物体或者人。这种状况在两年内没有被我当回事，我想当然地以为眼睛老花了、散光了、退化了，但是从没有想到是白内障。

我美丽的、黝黑的、深邃的眼睛成了浑浊的晶体，我身体里唯一值得赞美

「1」 这是我在去贵州之前写的，它写在我查出眼病之后。因为眼病，我更快地决定了去贵州的打算。

的器官被堵塞了发光的功能，我中年后的色彩里不是复调的管风琴、小提琴《卡农》，不是奥尔加农、第斯康特、孔杜克图斯、圣母院乐派等形式的复调。

我的眼睛只剩下复调的白内障，它把一种晶体分成浑浊的另一种成分覆盖在我相同的眼膜上，这个浑浊的晶体跟我 20 年前看到的别人眼里的白内障是一样的。

我第一次知道白内障是因为一个叫马凯的孩子，他当时 8 岁，生活在贫困的山区，因为先天性白内障失去了上学的机会。然后在一个偶然的机会，我从一个摄影师的新闻片子里看到这个白内障眼里流泪的孩子发出震耳欲聋的声音："我要上学。"这个摄影师后来成了我新闻部的领导。

我年轻的美丽的眼睛把马凯流不出的眼泪使劲地流着，流到我的脑海里。先天性白内障黑暗的影子一直笼罩着我年轻的岁月。

那个用眼尾余光极力地想看清外面世界色彩的马凯，其实他什么也看不清楚，他极力争取的动作仅仅在绝望的内心里能让自己的心感觉光明的世界是什么样的。8 岁的他，泛白的瞳孔里是别人的影子。

几年后，在乌鲁木齐聋哑人学校，我无意的一次采访，让我找到了这个喊着"我要上学"的孩子。那时他已经 18 岁，在他的身边，有更小的失明孩子需要他的带领。他用盲文打字、识字、学习。他在一个摄影师的宣传帮助下，实现了上学的梦想。面对 18 岁的青年，我看到了他黑暗的眼睛里的光芒。

20 多年后，在南方的城市，在军医确定的表达里，我内心里是 20 年前马凯的眼睛，那个用眼尾极力去寻找光亮的白内障眼睛。

我是在眼睛还能看到光亮的时候，有了用眼尾看东西的习惯，这个习惯我不知道它是白内障的先兆。因为在我的潜意识里，从不相信白内障会长在我的眼睛里。我的眼睛一直是 2.0、1.8，甚至在 2013 年的体检中，两只眼睛的视力测试也是 1.3、1.0，下降的指数没有让我联想更多，单位里像小山一样的用户投诉单在我的眼睛里一天天换成浑浊的颜色，渗透进我的眼里。一天天，一层层，而我怎么会知道这个海量的投诉单跟我的眼睛有关系？

但是光明世界里的语言颓废了，暗淡了，复调的白内障重复着同一个旋律，它不是斗牛士，它是舒曼的小夜曲，轻柔的可以让眼睛不由自主地流泪的那个小夜曲。

白内障不是绝症，不是大手术，但白内障的致盲率在老人中的比例是 90%。我已经慢慢进入老人梯队，免疫力低下，身体的抗氧成分减弱，眼睛的恢复功能衰退，光明世界离我越来越远。

如果黑暗的那天很快到来，我将会是什么样子？我不知道。

我颤抖着手指给一个心灵相交的朋友发去了信息：在失明前，把那些曾经美好的人和事物都记在心里，好好享受你拥有的生活。信息发送的那一刻，我的视线模糊了，流不出的眼泪终于堵不住浑浊的晶体。

好像生离死别，好像是最后的告别。

黔南阅读[1]

1

我对贵州最早的认识不是通过书本，也不是贵州的文化，更不是穷山恶水的贫困。

我最早认识的贵州，是来自30年前的一对苗族纯手工艺扇子，用各种针织线在一个铁丝圈起来的圆圈里一层又一层编织出来的扇子。

因为我的一首在全国获奖的诗歌《草原的七月》，一位贵州的退伍军人把这对寄托苗族情怀的扇子邮寄到我的手里。一对苗族纯手工艺的扇子从贵州到新疆，一个苗族的退伍军人对草原的向往通过一把扇子表达了出来。

此后，这位退伍军人再没有回信，我也在时间的长河里逐渐地忘记了曾经邮寄这把扇子的退伍军人。他应该50多岁？他应该还活着？他或许也忘记了30年前的这把扇子。这把扇子一直在我的行李里跟着我转战各个城市，并且听我告诉不同城市的朋友它的来历。

---

[1] 从西部到南海到黔南，这不仅是时间线上的跨越，也是我跟贵州的缘分。留守儿童在全国各省都有，而我却因为山区罗校长的博客机缘，选择来到贵州关注黔南的留守儿童。从30年前对贵州的模糊概念到进入他内部的乡村去深入了解，我眼里的贵州和认识后的贵州是不同的概念和不同的感受。我通过我的病眼，在现场记录了孩子们被留守的真实内心，从小学的被留守孩子到初中的被留守孩子，从我的外甥的留守，到华南农业大学学生里曾经被留守过的孩子现场感同身受的经历，我真实地记录着时间里我们共同见证的留守现场，并复原而且还原了我们的现场感受。

扇子仍然崭新如30年前的样子，而这把扇子的主人已经在时间里消失得很远很远。

每当手把扇子凝视它时，我的扇子里就会出现两个大写汉字的地名：贵州。

我游历过许多名胜风景，却唯独没有来过贵州。

我再次认识贵州是在深圳，1999年10月，我在深圳龙岗区电视台上班的第一天，看到的第一个专题片是来自贵州罗甸山区里的贫困画面。专题是同事罗明霞从贵州罗甸拍摄回来的，我眼前的罗甸山区，已是初秋，而画面里，那些在山区很深的山里向学校颠簸的路上行走的孩子还赤着脚，身上很单薄的旧衣服和破旧的书包，映衬着对面的远山、远水和绿色的树。贫困和当地优美风景的不协调是我对贵州的再次认识。而我记忆里，贵州罗甸那些绿色的风景在深圳的紫荆花和木棉花的嫣红里早已消失，只留下赤脚行走在弯曲山路上的孩子的身影。它像刀一样刺穿我的心肺，让我无法拔除。

深圳作为对口支援贵州罗甸贫困地区的城市，不仅在经济上给予罗甸扶持，而且从各学校选派了非常优秀的年轻老师去罗甸支教，深圳在知识技能培训和教育资源上都给予了罗甸大力帮助。

然而，贵州罗甸仍然贫困，黔南、黔北仍然贫困，贵阳的消费仍然攀高。

当我回望贵州的绿水青山时，我的脑海里是另两个大写的汉字：贫困。

我几年前认识贵州是在大方的一个摄影老师的博客里，他走遍贵州黔北的大小山川，拍摄了许多许多反映苗族生活风情的照片。因30年前的一把苗族扇子，我特别关注这位老师的摄影。我在老师的摄影里游历了贵州的黔北地区，欣赏着苗族女人头顶漂亮的银饰装饰，那么美的银饰在每个年龄段的苗家女人头上展示着不同的岁月。

这位摄影老师镜头里的黔北是被赋予民族特色的黔北，是原生态的黔北，是到处可以慢游行走的黔北。镜头里没有贫困，没有留守，没有沉重。

我想我会来到贵州，因为贵州用一种民族文化吸引着我。

最近，我认识贵州，是通过转载的山区罗校长的博客。鼠标无意间的一次点击，让我在山区罗校长的博客里停下来。在这个让山区留守的孩子们因为有书阅读而成就他们美好未来的山区罗校长发出的呼唤里，我更深刻地认识了贵州文化人的情怀，并从贵州的地名里延伸至黔南布依族苗族自治州都匀市平浪镇中心小学。地名里长长的汉字符号，蹒跚着并紧密地跟随着，就像一条弯曲着的山川小路，一直种植在我接近冷漠的麻木的心灵里。

城市生活是多么地容易腐蚀人的内心，有时似乎不经意间，内心就成了一堵墙，长满了荒草，累积了尘垢，开始了慵懒，陶醉于无休止的琐碎的浪费时间的诉说里。

一种纯粹、质朴、干净的情怀从黔南来，从网络来，从一束阳光里来。我长满着荒草的内心慢慢地被触动，在大山的风里可以迎风吹动了。我感受着来自贵州黔南山区罗校长字里行间对孩子阅读书籍的真诚，我感受着一个孤独的文化人在山区里孤零零地行走的身影，我感受着这个文化人在闭塞的山区用怎样强大的力量去为孩子们求书的心情，我感受着我们在城市里渺小的身躯和被人流挤瘦的影子。

在城市里，当许多人都远离原始的阅读方式，开始用电子书粗糙地快餐式地阅读的时候，山区的孩子还在一条希望阅读的路上艰难地守望着一种原始的阅读方式。我的心怦然心动，像沉寂了很久都没有打开的心扉那样，我寻找着山区罗校长留在博客上的电话，没有一丝怀疑地按着手机键盘拨打了过去。

我要去贵州，去贵州地名后面那长长的汉字符号里能温暖内心的山区，去宁静的山路上渴望读书的苗岭，去布依族的寨子里，寻找那些读书的声音，去关注那些留守在大山里的孩子。

2

从深圳到贵州黔南，坐广深“和谐号”后，需要在广州总站转长途客车时，我差一点没有坐上 7 月 6 日下午 1 点 51 分从广州到都匀的火车。安检在外面搭起的帐篷里进行。天气炎热，37 度，帐篷里等待安检的乘客成了人肉饼，我在拥挤的热气和不透风的帐篷里一步步艰难地往前移动，蹒跚着的脚步都是汗水，从头流到脚底。如果不是去都匀平浪，去看山区罗校长博客里的留守孩子们，我移动的脚步将会立刻停止，我的白内障眼睛在汗水里已经分不清楚眼睛里流出的是汗水还是泪水。我身后的女学生哭着对帐篷外面陪着女儿前移的父亲说，她下次打死都不会坐火车，即使不回家也不会坐火车。哭泣声在我背后的心脏湿着，眼泪抵达我的心脏。我相信，我也不会再坐火车，绝不在广州坐火车。我是在中间拥挤的断层被硬挤进安检人流的，如果不是插队，我连安检都过不了。

火车将要开，好不容易通过安检去二楼候车，结果候车室里坐 K841 这趟车的旅客都不见了踪影。跑过来一个工作人员说：“交 20 元带你上车。”我已经上气不接下气，只要交钱能上车，怎么都行。工作人员准备打开前门，但是无法打开。然后又带我和另外两名大学生从其他的侧口走去。我埋怨，交了钱怎么还这么费劲？工作人员态度很好地回答：“别急，能让你们坐上火车的。”绕了一个很大的弯路，终于看见火车了。工作人员说，你们自己去坐车吧，然后就把我们甩在了站台。

从看到火车再到我要坐的 18 号车厢，等于从火车的头部到尾部，我连走路的力气都没有，怎么才能在火车开动前进入车厢？

身后的男生帮我拖着行李往前跑，看我实在跑不动了，很抱歉地扔下我说：“你慢慢来，我先找座位去了。”

我拖着行李，用尽全部的力气往 18 号车厢跑，说是跑，也许对于别人是走路。跑，全身湿透；跑，手臂无力；跑，心力憔悴；跑，满脸的汗水堵住了双眼。本来朦胧的白内障、神经性病变的双眼，成了瞎子。

列车员帮我把行李拉上 18 号车厢后，我瘫倒在 18 号的 01 下铺车座，像死鱼扑腾在沙滩。

3

山区罗校长是我在平浪见到的第一个读书人，也是第一个文化人。

在平浪中心小学的教师办公室，我拿起《贵州日报》阅读的时候，值班的李老师说，你是我看到的第一个在学校看报纸的人。我奇怪地问："真的？"李老师肯定地说："你是第一个。"其他老师没有时间看，也没有兴趣读。

如此，家有藏书的山区罗校长就是名副其实的平浪文化人，他走到村子里的任何地方，只要有人看见他都会问罗校长好。话语里的尊敬是对文化人的尊敬。

山区罗校长不仅仅是平浪第一个藏书多的人，也是全国第一个用自己的博客为留守孩子求助捐书的人。他骨子里的文化是坚守，是改变，是让留守在平浪的孩子通过阅读的习惯和方式，能安静地去学习，去学会管理自己、控制自己，让一种好的阅读习惯改变孩子未来看世界的眼光和思想。

我见到山区罗校长时，他刚刚成为平浪中心小学的校长四个多月。

2014 年 3 月，在平浪中心小学当校长的第一个月，贵州黔南布依族苗族自治州都匀市平浪镇中心小学罗定国校长在"山区罗校长"的博客和 QQ 漂流瓶里同时发出了这样的信息：

> 一本书，哪怕是一本旧书，可以点亮孩子一生的希望。我是贵州山区的一名小学校长，新学期伊始，天真无邪的孩子们却缺乏课外读物，我们渴望有爱心使者捐赠书籍，包括旧书！！！您少吃一包零食，或许可以成就一名山区孩子的未来。
>
> 赠书学校地址：贵州黔南布依族苗族自治州都匀市平浪镇中心小学
>
> 邮编：558018
>
> 学校固话：0854—8468511

罗定国校长电话：18932027412　　　QQ：517182618

如果您没有书，是否能手指轻动，为孩子们转发、呼吁、共同撑起孩子们的天空，谢谢！

QQ 漂流瓶的信息飘到澳洲，被一个在澳洲的华人捡到，他都没有考虑信息的真实性，就在第一时间联系了他 30 年前在深圳中学的同学叶先生，号召老同学们帮助捐助图书。就是这样一个漂到澳洲的漂流瓶，承载着爱心的图书，从深圳寄到了都匀市平浪镇中心小学。这是山区罗校长发出图书捐赠呼吁后的第一批爱心捐赠图书。随后，在叶先生的号召下，叶先生儿子所在的学校，儿子的同学所在学校，开始了一个图书传递爱的活动。深圳红桂中学、笋岗中学、桂圆中学、龙华中学等学校捐赠的图书一批批邮寄到了平浪。

通过网络募捐，山区罗校长收到超过两万册价值二十多万元的各类书籍、书画一百余幅、价值一万余元的书架书柜，爱心捐赠来源涵盖内地几乎所有省区，乃至香港、台湾等地和美国、澳洲、意大利等国家。一大批社会名流和名人关注和帮助平浪中心小学。影星陈坤寄来了书籍，并且倾情转发山区罗校长的微博，参与募捐；舞蹈家杨丽萍也邮来了书籍和舞蹈教材；著名作家及学者刘醒龙（湖北省作协副主席，“鲁迅文学奖”“茅盾文学奖”双料得主）、管家琪（台湾童书皇后、台湾“金鼎奖”获得者）、沈天鸿（安徽省作协副主席）、杨晓敏（河南省作协副主席）、叶开（收获杂志社编辑部主任）、王海锋（上海碧云文化艺术中心总监）、秦春华（北京大学考试研究院院长）、魏鼎（孔子研究院副院长、微雕艺术大师）、丁捷（南京市作协副主席）等，超过30名以上的作家、诗人及学者直接为学校捐赠书籍；全国知名书画艺术家姚伯齐（中国书画研究院副院长）、武锋（河北著名书法家）、朱国锋（中国农民书法家）、黄文琴（杭州著名国画家）等，20位以上的书画艺术家寄来书画真迹，尤其是著名画家孟刚先生为孩子们订购了《二十四史》《资治通鉴》等一批珍贵典籍；还有一批企业老总也关注了学校，贵阳的陆远发先生，寄来了价值上万元的图书。

就读美国耶鲁大学、国内顶尖辩手小高和他的十位耶鲁同窗虽身处异国，却心系山里的孩子们，他们在网上订购了书架，并精心为山区留守孩子们制作了“一人一小时，山区小学教育拓展计划”科普软件。他们对山区罗校长说，明年回国后到山区给孩子们上心理辅导课。虽然这样，他们还是为自己囊中羞涩，多次致电表示歉意。

小高在给罗校长的信中说：“‘一人一小时，山区小学教育拓展计划’，这个项目的主要出发点是克服传统支教模式的一些弊病。传统的支教门槛太高，导致社会参与度较低，而且不可持续。老师离开学校的时候孩子们那种凄苦的眼神我的很多同学都有体会。我们现在想做的是一种真正的零门槛、可持续的新型支教。主要就是要求团队内的志愿者每人每周或每两周制作一段半个小时到一个小时的教学视频，视频内容主要是志愿者根据自身的兴趣结合山区孩子的具体需要而制定。这些教学资源我们会同步投放到我们的专门网站上，供更多的志愿者参考、使用。山区孩子们如果有任何反馈，我们会及时传递给志愿者们。”

一位上海的捐书者邱赛桃随书籍的信中这样写到："罗校长，非常感谢您为学生们所做的工作，因为有您，我们感觉社会是如此的温暖，因为有您，我们的学生是如此幸福，向您致敬。"

一个漂流瓶将山区罗校长为孩子们构筑的阅读的梦想通过网络信息平台一个个接力着传递。

2014 年 7 月 7 日，我来到了山区罗校长的平浪中心小学，随行的是华南农业大学心理咨询专职老师林媛带队的华南农业大学心理健康辅导中心阳光团队的 12 名支教大学生。

林媛老师带队来之前并不知道山区罗校长博客求书的故事，所以来到之后，才有了林媛老师连夜开会调整支教课堂计划，一切从头来的开始。也有了我写编《回家：中国留守报告（黔南阅读）》的初衷。

4

在平浪采访过程中，我还无意了解到都匀画家杨俊先生，张仁燕、王锋夫妇一直为三都的贫困留守孩子捐画助学的感人故事，也通过他们，知道了住在广东中山的蓝先生夫妇的健康助学基金对都匀留守孩子和贫困孩子的多年不懈支助。

在孤独的采访期间，这些让血液膨胀的大爱故事在我每天的情感里翻滚着，像万匹骏马肆意张扬，让我泪眼朦胧。

从 2006 年开始，每逢寒暑假，加拿大华裔 Tom 蓝先生就会开着他的车从中山小榄到贵州黔南都匀去看望那里的留守学生和贫困学生。

去都匀，车需要经过广东和广西。每次经过广西地界的河池，都会碰上撞车党，有过皇家警察职业经历的 Tom 蓝总是历经艰险想方设法甩掉这些歹徒，并且继续行走在去都匀的路上。有时车被撞了，甩开撞车党后，他还要修车，然后再上路。有时在路上，汽车半路抛锚，为节省请人换胎的钱，年近 60 岁的 Tom 蓝在漫天冰雨中亲自动手修车。这样的惊险在 2012 年前总是发生，但是惊险没有阻挡住他去都匀看望留守孩子的心情。出自贫寒之家，受尽多少亲友白眼，自幼已背负“要争气，要出人头地”信念的他，被自己的志向压得喘不过气来。直到他成为一名皇家警察，他仍然在内心深处想着自己贫困的童年背景。他发誓，自己以后无论在这个世界的何方，都要帮助像跟曾经的自己一样的贫困孩子。

2014 年 7 月，来自中山市的小榄、黄圃、东风镇的八个家庭开着五辆车去都匀一中见他们捐助的孩子。这次，唯独最早的发起人 Tom 没有参加到这个大家庭的组织中来，他的鼻咽癌在治疗阶段，他不想让孩子们知道，并且给孩子们增加心理压力。他人躲在自己在小榄的清风明月居，心里想的是那些每年都见两到三次面的孩子。

2014 年 10 月后，蓝先生先后两次开车去都匀，把健康助学基金会的其他爱心人士捐赠的钱送到学生手中，在 12 月底，又把御寒的冬装送给每一个被支助的学生。

癌症与他，是敌人也是朋友。癌症成为敌人的时候，他希望自己能活久一些，这样能再多帮孩子几年。癌症成为朋友的时候，他会时常想起身后事而潸然泪下。他希望更多的人能在他死后，接力健康助学基金，让被支助的学生持续着走下去。

都匀一中 2011 届毕业生陆名星，就读于山东大学（威海）商学院工商管理专业。他在给都匀母校的信中这样写到："虽然离开母校已有一个春秋，而都匀一中留给我的感动不曾褪去，总会在不经意间想起高中三年与健康助学基金的叔叔阿姨们一起走过的日子，心里都会涌起阵阵温馨的暖流。非常感谢都匀一中的老师给我这个机会，让我认识这帮可爱的人，那是一段充满感动的回忆。记得曾经孤独自卑的少年，对读书几乎失去动力，是他们，每个月无条件地给予 200 元的资助伴我度过这三年的生活，让我有了坚强的勇气对待学习，坚决而不放弃；是他们，每年不辞辛苦，千里迢迢从远方赶来，就为能和我们这帮孩子们聊上几句心里话；也是他们，让我真正感觉到了学校就像家一样的温暖。他们用三年教会了我助人为乐的意义，他们用十几年的坚持向社会诠释了慈善的真谛，无私地付出，默默地承受。一年又一年过去，我们开始长大，离开。而在下一个转口，一双双渴求知识的眼睛又重新在学校里闪烁，一张张陌生而熟悉的面孔又重新出现在这个校园，叔叔阿姨们又开始了他们的慈善工作，从未停歇。"

"健康助学基金是我成长中的一片绿洲，他们教会我的信念，远非用几句优美的语言就能形容。无论我走到哪里，将会有多大的成就，在举手投足之间，总会流露出他们曾经的孜孜教诲的影响。非常感谢健康助学基金里可爱的叔叔阿姨们，因为有你们，把爱心从远方带来，慷慨地播散在这片偏远的土地，是老天的感动，带来了春雨的洗礼，请你们相信，在来年的春天，这里会长满你们希望的向日葵，只要你们坚定，是的，只要你们相信，只要你我相信。”

除了社会各界对留守孩子的支助、关爱，更多的曾经被留守的大学生，在毕业后，也选择了去贫困山区陪伴留守孩子的支教之路。

贵州平浪，贵州三都，这条通向大山的寂寞山路，虽然没有路灯，但是已经有了温暖的回应。

而我，也从黔南之路开始，重新阅读“被迫留守”这两个动词后面的中国留守报告。

5

我的报告从我的真实的记录里，一点点地展开。从被留守的平浪孩子灿烂的笑脸背后的内心，和曾经同是被留守过的华南农业大学阳光团队的鑫磊、赵晨、吴泽苓的内心深处，我读懂了一种叫“被迫”成长的经历。这份经历，平浪的孩子、三都的孩子、黔南的孩子，中国被留守的孩子正在经历。他们经历的无人陪伴的内心“天堑”也像最初农村人向城市走进时那样艰难、艰辛、煎熬、苦涩……

中国留守儿童被迫成熟的里程，是中国“三农”问题里最被忽视的过程。

“三农”背后的心酸故事写在过去，也写在今天。

贵州平浪留守孩子，仅仅是中国农村户籍里面的一个点。这个点正被中国有情怀的社会各界人士关注，并呼吁发声。

留守儿童的今天是我们的过去，留守儿童的未来是我们的希望。

愿这些被迫留守在贫困山区、贫困农村的中国 6000 多万儿童，还有被迫流动在城市的 3000 多万农村孩子，能从心灵深处翻过这道“天堑”，健康快乐地走好他们未来的人生。